Índigo • Ivana Arruda Leite •
Maria José Silveira

Amizade improvável
Uma aventura urbana

Ilustrações
Laurent Cardon

editora ática

Amizade improvável – Uma aventura urbana
© Índigo, Ivana Arruda Leite, Maria José Silveira, 2008

Editora-chefe	Claudia Morales
Editor	Fabricio Waltrick
Editora assistente	Malu Rangel
Preparação	Agnaldo Holanda
Coordenadora de revisão	Ivany Picasso Batista
Revisora	Cláudia Cantarin

ARTE
Projeto gráfico	Marcos Lisboa, Suzana Laub, Katia Harumi Terasaka, Roberto Yanes
Editor	Antonio Paulos
Diagramadora	Thatiana Kalaes
Editoração eletrônica	Moacir K. Matsusaki
Pesquisa iconográfica	Silvio Kligin (coord.)

CIP-BRASIL. CATALOGAÇÃO NA FONTE
SINDICATO NACIONAL DOS EDITORES DE LIVROS, RJ

I34ah

Índigo, 1971-
  Amizade improvável: uma aventura urbana / Índigo, Ivana Arruda Leite, Maria José Silveira ; ilustrações Laurent Cardon; 1.ed.,
– São Paulo : Ática, 2008.
  152p. : il. – (Quero Ler)

  Contém suplemento de leitura
  ISBN 978-85-08-11693-5

  1. Literatura infantojuvenil. I. Leite, Ivana Arruda, 1951-. II. Silveira, Maria José. III. Cardon, Laurent, 1973-. IV. Título. V. Série.

08-1374.   CDD: 028.5
                 CDU: 087.5

ISBN 978 85 08 11693-5 (aluno)

2025
OP 286415
1ª edição
10ª impressão
CAE: 241320 (aluno)
CL: 736366
Impressão e acabamento:
Log&Print Gráfica, Dados Variáveis e Logística S.A.

Todos os direitos reservados pela Editora Ática S.A., 2008
Avenida das Nações Unidas, 7221 – CEP 05425-902 – São Paulo, SP
Atendimento ao cliente: 4003-3061 – atendimento@aticascipione.com.br
www.coletivoleitor.com.br

IMPORTANTE: Ao comprar um livro, você remunera e reconhece o trabalho do autor e o de muitos outros profissionais envolvidos na produção editorial e na comercialização das obras: editores, revisores, diagramadores, ilustradores, gráficos, divulgadores, distribuidores, livreiros, entre outros. Ajude-nos a combater a cópia ilegal! Ela gera desemprego, prejudica a difusão da cultura e encarece os livros que você compra.

Uma amizade a cada esquina

Tarsila viveu na Suíça até o dia em que os pais resolvem voltar para o Brasil. É então que ela descobre que o avô foi presidente do país durante a ditadura militar e que o pai é um político corrupto. Quem lhe conta é Fábio, filho de cineasta e neto de sociólogo – que, inclusive, tinha sido expulso do Brasil pelo avô de Tarsila.

O encontro entre esses dois pré-adolescentes de mundos tão diferentes acontece em uma das esquinas de uma cidade. Mais que encontro, é um encontrão: veloz em seu skate, Tarsila atropela Fábio, distraído com seus cachorros. Da trombada nasce a amizade, que ganha uma terceira ponta: Josicleide, a Tatu, que faz acrobacias em um cruzamento para ajudar a família.

Tarsila, Fábio e Tatu são agora o trio TFT. Os amigos atacam como detetives: investigam um caso bem misterioso que muda a vida de Tatu. Juntos, eles percebem o valor da amizade, e também como a vida em uma grande cidade coloca as pessoas em contato com realidades díspares e, muitas vezes, injustas.

Como lidar com tantas descobertas? Você vai saber lendo a aventura – tão divertida quanto improvável – de Tarsila, Fábio e Tatu.

Sumário

PARTE I – QUEM É QUEM
Tarsila sem pátria | 9
Fábio Strong desabafa | 16
Josicleide, vulgo Tatu | 22
O país fantástico | 30
A estranha origem das amizades improváveis | 36
Saboreando as novidades | 43
Um gostinho da vida real | 48
Fábio Strong se atrapalha com as meninas | 52
A visita | 57

PARTE II – A TERRÍVEL DESCOBERTA
Unidade TFT | 67
A óbvia suspeita | 73
Um plano louco | 78
Tarsila manda notícias | 83
O primeiro passo | 88
Teefetê | 92
O sumiço de Irmã Aparecida | 98

PARTE III – MISSÃO CUMPRIDA
TFT encontra LV | 107
O aparecimento da Irmã Aparecida desaparecida | 111
Game over | 116
Não mexa com dona Queridinha | 121
O porquê das coisas | 125
Indestrutíveis e persistentes | 129
A revelação inesperada | 133
O encontro | 137
Começo feliz | 141

Quero mais | 147

Para Laura, Bebel, Fábio Rosé e Matheus.

Parte I
QUEM É QUEM

I
Tarsila sem pátria

Os primeiros flocos de neve iam formando uma manta fofa sobre os telhados da cidade quando chegou o caminhão de mudança. Lá não haverá neve. Sentirei saudade daqui. Então me lembro de mamãe dizendo que isso é besteira, que só uma pessoa maluca sentiria saudade desse lugar. Bem, aqui é minha casa. Lá eu não sei o que é.

Ingvar, Agnes, Kajsa e Halsten despontam no comecinho da rua. Vêm correndo, com seus trenós nas costas. Quando se aproximam da calçada de casa, param. Caminham bem devagarinho, curiosos para saber o que está acontecendo aqui dentro. Halsten aponta para minha janela e os quatro acenam. Respondo, tentando disfarçar minha cara, que deve ser sofrível. Sorrio, eles sorriem de volta. Eles, alegres por irem brincar. Eu, por hábito de sorrir ao ver meus amigos encapotados como quatro bonecos de neve. Então Agnes bate as mãos no quadril.

– *C'est pas juste!* – ela diz.

Concordo com ela. Não é justo, mas assim é o mundo, cheio de injustiças. Mamãe não permite que eu brinque na neve. Diz que vou pegar uma pneumonia. Ela nunca entendeu como as mães daqui deixam seus filhos brincar na neve. Nas raras vezes em que consegui, foi escondido. Mas hoje não tenho como fugir. Hoje a casa está num tumulto só. Faço um gesto que quer dizer: "Podem ir, dessa vez não vai ter jeito". Meus amigos me dão adeus e voltam a correr. Do Brasil chegou a notícia que eu tanto temia. Papai já pode voltar. E assim ficou decidido que voltaremos todos, inclusive Tarso e eu, que nunca estivemos lá. Quer dizer, nascemos lá, mas depois que viemos para cá, nunca mais voltamos. Tarso é meu irmão mais velho. E ele, como o resto da família, não entende minha tristeza.

— Tarsila, minha filha, você ainda não começou a empacotar suas coisas?

Mamãe está vestida de branco, dos pés à cabeça. Toda sexta-feira ela se veste assim. É uma promessa que fez.

— Vou mandar Uca Uca vir lhe ajudar. UCA, sua maluca! — ela berra.

— Não precisa. Eu prefiro empacotar sozinha.

Uca é o nome da nossa empregada romena. Acho que foi por isso que mamãe a contratou. Ela adora chamá-la por Uca Uca.

— UCA! Venha cá, imediatamente!

Uca aparece na porta do quarto, ajustando a touca.

— Uca, ajude a Tarsila. Quero brinquedos, sapatos, livros, CDs, jogos, bonecas e bichos de pelúcia, tudo empacotado.

Enquanto mamãe fala, vou traduzindo. Mamãe se recusa a falar outras línguas dentro de casa.

— Ficam para fora apenas os artigos de primeira necessidade. Antes de colocá-los nas caixas, faça uma relação detalhada! Sapatos e roupas de meia-estação serão despachados. Deixe algumas roupas de inverno para os próximos dias. Quanto às roupas de verão: algumas levaremos na mala; as que não couberem, empacota.

Conforme traduzo, amenizo as palavras. Não gosto desse jeito de dar ordens diretas. Sempre que traduzo para mamãe, tenho vontade de mudar suas palavras. Vou colocando um "por favor" aqui e ali.

— Cuidado com as bonecas de porcelana. Tarsila dirá quais brinquedos ela quer que cheguem primeiro. É preciso escolher

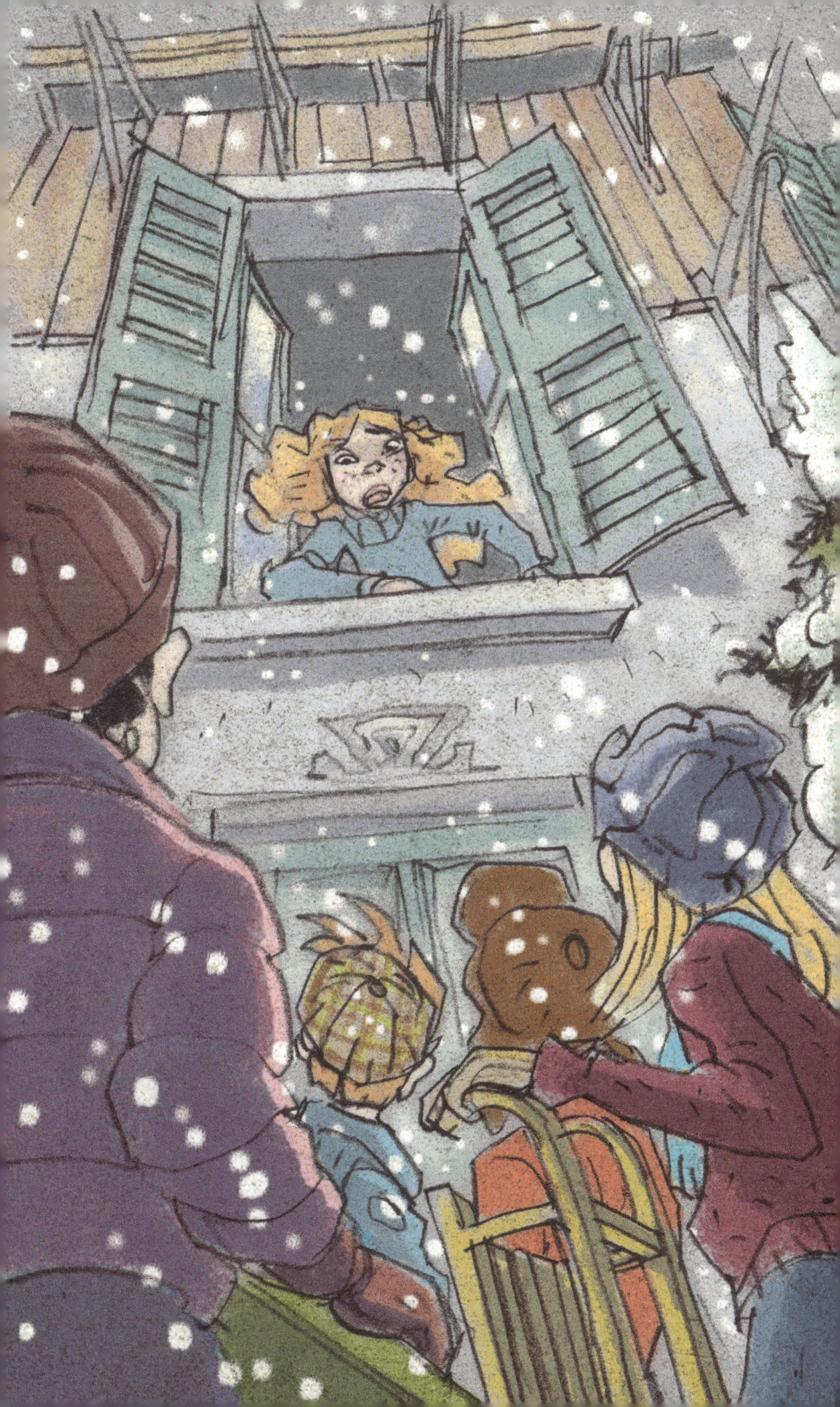

muito bem, pois os brinquedos que forem de navio levarão uma eternidade para chegar. Ai... Fico de mau humor só de lembrar daquela burocracia de fiscalização... São uns chatos!

Sei para onde a conversa está indo. Já ouvi isso mil vezes.

– Tarsila, dessa vez não teremos como driblar os fiscais, pelo menos não com os brinquedos.

Isto eu não traduzo.

Mamãe continua dando ordens à Uca enquanto separa minhas roupas, tirando-as do armário e jogando algumas na cama e outras na poltrona. Se nada foi empacotado ainda, a culpa é minha. Disse que faria tudo sozinha e até agora, sentada à janela, vendo a neve cair pela última vez, não me animei. A verdade é que eu não quero ir embora. Enquanto mamãe fala da espuma que deve ser usada para embrulhar minha coleção de anjos de cristal, Uca concorda, acenando com a cabeça:

– *Oui, madame. J'ai compris.* – Ela entende.

– Mamãe, ela já entendeu.

– Tarsila, fique de olho nessa Uca Maluca.

Para mamãe, o fato de Uca ser imigrante romena faz dela uma pessoa suspeita. Não sei bem do quê. Começo a enrolar meus anjinhos de cristal nas tiras de espuma. Coloco-os em compartimentos aveludados de uma caixa de madeira construída especialmente para transportá-los. Uca senta-se ao meu lado e imita meus movimentos. Sabe que mamãe fará um escândalo caso um dos anjinhos se quebre. Eu os coleciono desde pequena.

Uca tem me ensinado romeno. Não tem nada de que eu goste mais do que aprender novas línguas. Falo francês, inglês, alemão, espanhol e português, é claro. Tarso diz que essa minha mania de aprender línguas faz de mim uma menina esnobe. Mas como posso ser esnobe se gosto de aprender outras línguas justamente para poder conversar com as pessoas? Uca quebra nosso silêncio e diz que tem inveja de mim, que ela também gostaria de voltar para sua terra. Explico que minha terra é aqui. Ela diz que não, que minha terra é lá.

— Mas, Uca... Eu nunca estive lá.

— Você não se lembra, mas esteve. Nasceu lá. Sua terra é lá — insiste Uca.

Ela diz que nossa terra está no sangue, e se cala. Passamos um tempão embrulhando anjinhos. Ela, provavelmente pensando na Romênia.

Aqui na Europa é cheio de imigrantes. Uca, por exemplo, deixou a Romênia porque lá não havia trabalho. Certa vez perguntei a papai se éramos imigrantes. Ele disse que não, que nossa passagem pela Suíça era temporária, e que não tínhamos motivo algum para abandonar nosso país. Na verdade, eu nunca soube por que vivemos aqui e não lá. Papai diz que foi por opção, mas acho que tem mais coisa por trás disso.

Uca começa a cantar uma música triste que eu gosto de ouvir, pois já entendo todas as palavras. É uma cantiga de criança. Eu acompanho. Ela comenta que minha pronúncia está melhorando e, nesse instante, a porta do meu quarto se abre.

Daiane entra. Ela é afilhada da minha mãe, filha de uma antiga empregada do Brasil, e veio passar uns dias conosco. Deve ter a mesma idade que Tarso. Acho que eles estão de paquera. Outro dia eu peguei os dois rindo que nem loucos, depois ficaram calados, depois riram de novo, e daí a Daiane me viu. Tarso gritou comigo, ficou vermelho e disse para eu cair fora. Então pararam de rir e Daiane deixou Tarso sozinho no meio do corredor, sem dizer nada. Quando ela fala comigo, olha através de mim.

Desço correndo. Encontro papai e mamãe sentados à mesa de jantar. Em cima da mesa, várias revistas e jornais de lá. Dessa vez, não são fotos de floresta, de onças nem de pássaros vermelhos feito sangue. As páginas que papai quer que eu veja estão com a pontinha dobrada. São fotos de crianças descalças, como as de Uganda. Papai empurra as revistas em minha direção. Ele é da opinião de que uma imagem vale mais que mil palavras. Prova disso é que se cala. Dou uma folheada e as empurro de volta. Papai pede que sejam retiradas. Papai diz:

– Bem, Tarsila, é isso aí.

Mamãe completa:

– É claro que onde vamos morar, você não vai ter contato com esse tipo de situação.

Papai argumenta:

– Mas é bom ela saber. Não quero ninguém fazendo cara de espanto.

Mamãe concorda.

– É, Tarsila. Nada de espanto. Lá isso é normal.

Papai acende um charuto.

– Por mais que você tenha se preparado, vai ser uma mudança radical. Lá, tudo será diferente.

– Será melhor – completa mamãe.

Estou careca de saber que lá existe um grave problema de desigualdade social. Na escola, os professores sempre falam disso. E também mostram fotos. Pelo menos uma vez por semestre temos que fazer trabalhos comparando vidas. As nossas, em Zurique, e as das crianças dos Países-Não-Membros-da--comunidade-Europeia. No último semestre peguei Uganda.

– Você tem alguma pergunta?

Quando meu pai pergunta se tenho perguntas é porque ele quer terminar a conversa.

Nesse instante, tenho uma ideia! Não é uma pergunta. É algo que já vi papai fazer milhares de vezes, e que Tarso também faz. Mamãe faz com papai e papai faz com seus amigos. Eu não gosto de fazer isso. Só faço em situações extremas, quando não há mais saída, como agora. Escolho bem as palavras, e faço minha chantagem:

– Lá não neva, né, papai?...

– Não, filha. Lá é um calor dos infernos.

– Lá não terei amigos, pelo menos no começo.

– Você vai fazer amigos rapidamente.

— Mas logo de cara, não.
— Não.

Nesse ponto eu faço uma pausa, fico em silêncio e abaixo os olhos. Penso no pé descalço de um dos meninos da revista. Ele me lembra o saci-pererê dos livros de folclore. Continuo:

— Papai, você me daria um presente de despedida?
— O que é, Tarsila?
— Eu queria tanto poder brincar com meus amigos pela última vez na vida. É o que mais quero no mundo... Brincar pela última vez...

Suspiro e esfrego os olhos. Complemento:

— ... na vida.
— Claro, filha! Vá brincar.

Eu me atiro no pescoço do papai e agradeço. Mamãe diz para eu me agasalhar, colocar protetor de orelhas, meias, passar protetor labial... Não ouço mais nada. Visto minhas roupas de neve, pego o trenó e saio correndo.

Estou com o rosto grudado na janela, vendo floquinhos de neve vindo em minha direção. Estou dentro do avião. As turbinas já estão ligadas, meu cinto de segurança bem apertado. Não tenho mais amigos, não tenho mais quarto nem anjinhos para empacotar. Uca, não sei onde foi parar. Meus brinquedos estão em algum ponto do oceano. Tarso, sentado ao meu lado, joga seu game irritante. Deve estar matando inimigos. Para ele tanto faz, aqui ou lá. A única coisa que importa, além de bater o recorde anterior, é ver se estou chorando. De vez em quando ele espia, para ver a minha cara. E só por isso eu não choro.

2
Fábio Strong desabafa

Meu nome é Fábio Strong Neto, tenho doze anos. Sou neto do imortal Fábio Strong, que morreu no ano passado. Ele foi um dos mais importantes (senão o mais importante) sociólogos[1] deste país. Quando digo imortal não é modo de dizer, não. Meu avô era membro da Academia Brasileira de Letras, e quem entra lá vira imortal de verdade. Não porque não morra, é claro, mas porque o nome e a obra dele sempre serão lembrados.

Minha família é bem diferente da maioria das famílias que conheço. Nenhum dos meus amigos de escola tem uma família tão lunática quanto a minha. Eles acham o máximo porque aqui todo mundo é celebridade. Assim como têm inveja de mim, eu invejo a família normal e metódica que eles têm. Pai e mãe almoçando com os filhos, indo às reuniões da escola, ajudando nas lições de casa. Coisa impossível de acontecer na família Strong. Aqui é a maior desorganização. As pessoas trocam o dia pela noite e os fins de semana pelos dias úteis. Quanto às reuniões da escola, se minha mãe foi duas vezes, é muito. Meu pai, nunca.

1. Sociólogo é a pessoa que estuda como a sociedade se organiza e funciona. Meu avô dizia que era mais ou menos como observar um formigueiro, coisa que gosto muito de fazer. As formigas seguem regras, andam em fila e se comunicam. De vez em quando uma sai da fila e segue seu próprio destino. Mas as outras continuam. Se você for atrás da formiga que saiu andando, você é um psicólogo. Mas se você continuar observando o formigueiro, você é sociólogo.

Meu avô escreveu uma montanha de livros. Era uma das pessoas que mais entendiam a realidade brasileira. No tempo da ditadura, quando os militares tomaram o poder, ele foi expulso do país. Mudou para Paris e dava aula na Sorbonne, a universidade mais famosa da França. Vinte anos depois, quando a ditadura acabou, voltou ao Brasil e vivia dando entrevistas e aparecendo na televisão. Todo mundo queria ouvir o que ele tinha a dizer.

No dia em que tomou posse na Academia, a família inteira foi para o Rio de Janeiro assistir à cerimônia. O maior barato. Eu fiquei de mãos dadas com ele o tempo todo. Saí em todas as fotos. A gente se dava superbem. De vez em quando, até choro de saudade dele. Quando terminou a cerimônia, todo mundo me abraçava e apertava as bochechas que eu NÃO tenho, fazendo a mesma pergunta:

– O que você quer ser quando crescer? Escritor como o avô ou cineasta como o pai?

Como se eu só tivesse duas opções na vida. Pior: como se um moleque de doze anos soubesse o que quer ser quando crescer.

Fisicamente sou menor do que os meninos da minha idade, mas, intelectualmente, sou bastante amadurecido. Pelo menos é o que dizem. Para piorar, uso óculos, o que me deixa com cara de sabe-tudo.

Meu pai é o Fábio Strong Filho, um dos cineastas mais famosos do país. No ano passado o filme dele foi indicado ao Oscar. A família inteira foi para os Estados Unidos assistir à premiação. Infelizmente, o prêmio foi para um iraniano. Mas só o fato de ter sido indicado já foi legal demais. Como veem, pelo menos uma vez por ano os Strong viram um acontecimento nacional.

Isso sem falar da ala feminina da família. Minha mãe é Meire Regina, atriz que já trabalhou em não sei quantas peças, filmes e novelas. Além de talentosa, minha mãe é muito linda.

Até convite para posar nua ela já teve. Quando pintou o convite, ela quis saber o que eu achava. Eu fui sincero e falei que ia ter muita vergonha dos meus amigos. Felizmente, ela recusou. Quando um repórter perguntou por quê, ela falou: "Porque meu filho disse que morreria de vergonha". Achei legal da parte dela.

Geralmente minha mãe trabalha nos filmes que meu pai dirige. Quer dizer, trabalhava, porque depois do último, o do Oscar, eles juraram nunca mais trabalhar juntos. As brigas começavam no *set* de filmagem e terminavam no quarto, com meu pai aos prantos e minha mãe gritando feito uma maluca. Quando eles bebem, brigam feito cão e gato. Eu detesto bebida e detesto bêbado. As pessoas ficam muito diferentes quando bebem. Umas ficam legais, mas a maioria fica um porre. Não tem ninguém que fique igual. Minha mãe, por exemplo, que normalmente fala baixo e é muito educada, começa a gritar e dar umas risadas horrorosas. Meu pai, que normalmente fala mais que a boca, fica deprimido e chora.

A família inteira mora nessa casa, desde que meu pai nasceu. Minha mãe diz que ele ainda não cortou o cordão umbilical. Ele diz que, só de cinema, não conseguiria bancar as despesas dela. Pelo jeito, vamos continuar aqui por muito tempo.

Tio Otávio também mora aqui. Ele é irmão do meu pai e a pessoa com quem eu mais me identifico nessa casa. Nós dois temos o mesmo sentimento: nascemos na família errada. Tio Otávio passa a maior parte do tempo trancado no quarto, escrevendo, vendo filme ou assistindo televisão. Ele é escritor, roteirista e dramaturgo. Uma vez ele se casou e trouxe a mulher para morar aqui. A coitada não aguentou a barra e se mandou. Como dizem por aí: os Strong não são fracos não. Todo mundo faz essa piada.

Só falta falar da minha avó. O nome dela é Queridinha, uma das maiores educadoras do Brasil. Tem projetos implantados no Brasil inteiro e mais de cinquenta livros publicados.

Como minha mãe viaja muito, minha avó cuida de mim como se fosse minha mãe. E eu acabo tendo com ela os problemas que todo mundo tem com a mãe. Já minha mãe, quando está em casa, se comporta como avó, faz todas as minhas vontades, me dá um monte de presentes.

A família da minha mãe é mais normal. Meus avós e meus tios moram no interior e são pessoas supersimples. Não tem nenhum artista nem intelectual. Uma vez por ano a gente vai para lá e eu adoro. Parece outro mundo. Ando a cavalo, nado no rio, ajudo na plantação. Pena que é só no Natal. Meus primos me acham a pessoa mais estranha do mundo. Quando descobriram que eu fazia terapia, foi a festa. Começaram a achar que eu era doido. Nem ligo. Gosto deles mesmo assim. Eu fui para a terapia antes de ir para a escola.

Minha terapeuta, a Nanci, era uma mulher horrorosa que tinha cara de bruxa. Eu morria de medo dela e fazia de tudo para fugir das sessões. Estrebuchava no chão, dava chute, pontapé, mordia, mas não tinha jeito. Minha mãe me arrastava para lá. Um dia me levou de pijama.

No consultório tinha uma caixa cheia de brinquedos. Eu ficava brincando enquanto ela me fazia um monte de perguntas. Às vezes eu respondia; às vezes, não. Às vezes eu falava a verdade; às vezes, não. Às vezes ela desconfiava e ia conferir com a minha mãe.

— Por que você falou pra Nanci que tinha um irmão que morreu afogado?

— Eu não falei nada. Essa mulher é maluca.

A Nanci queria saber tudo da minha vida, mas quando eu perguntava alguma coisa da vida dela, ela não respondia.

— Você é casada?
— O que você acha?
— Você tem filhos?
— O que você acha?
— Quantos anos você tem?

– O que você acha?

Aquilo me enchia o saco. Um dia ela me deu uma boneca para eu brincar. Eu nunca tinha brincado com boneca. Na minha casa não tinha menina. Eu achei aquilo muito esquisito. Ela me fez pegar a boneca, ninar a boneca, dar nome para a boneca. Eu dei o nome de Nanci. Daí comecei a chutar a Nanci feito bola, cada vez mais forte. Ela batia no teto e voltava. Eu morria de rir. De repente, do nada, comecei a chorar feito um bebê. Quando olhei para a cara da Nanci verdadeira, ela não tinha mais cara de bruxa. Acho que essa foi a coisa mais esquisita que me aconteceu na vida. Logo depois ela me deu alta.

Mas daí, quando entrei na quinta série, comecei a ir muito mal na escola. A orientadora chamou minha mãe e disse que eu precisava voltar para a terapia. Só que dessa vez não era terapia de brincar. Era só de conversar. O nome dessa outra terapeuta era Sônia e tudo ia muito bem até o dia em que ela chamou meus pais e falou:

– O problema não é o Fábio, mas a família toda. Vocês têm que fazer terapia familiar.

Uma vez por semana ela vinha aqui em casa, punha todo mundo sentado na sala e ficava ouvindo cada um falar dos seus problemas. Menos tio Otávio, que nunca quis saber dessa história. Mas essa terapia durou pouco. Imagina se minha família ia conseguir sentar e conversar toda semana. Uma vez era meu pai que estava viajando, na outra era minha mãe, na outra, minha vó. O jeito foi cada um voltar para o seu analista particular e tentar resolver os problemas individualmente.

Ontem eu estava no meu quarto vendo televisão quando tio Otávio veio me chamar para dar uma volta. Gosto de passear com ele, mas fico sempre com a impressão de que ele quer me falar alguma coisa, me contar um segredo, que nunca fala. Às vezes ele quase chega lá, "sabe, Fábio, eu…", mas para no meio e continuamos a caminhada em silêncio. Esse bairro é muito sossegado, tem muitas árvores. É gostoso andar a pé por aqui.

Reparamos que a mansão da esquina, abandonada há um tempão, estava sendo reformada. Tio Otávio parou e perguntou para um dos pedreiros:
— Essa casa foi comprada?
— Foi sim senhor.
— O senhor sabe dizer quem comprou?
— Uma família que está vindo da Suíça.
"Oba", pensei, "tomara que tenha criança."

3
Josicleide, vulgo Tatu

A chuva caía fininha, uma gota depois da outra. Quando chove assim, de mansinho, acho bonito, mas quando os pingos começam a engrossar, tenho medo que vire temporal. Do que mais tenho medo na vida é temporal! Por isso, quando começou a ventar forte e os pingos engrossaram, deitei aqui, enroladinha, a única coisa que me alivia um pouco quando estou com medo ou estou triste ou não quero escutar nem ver nada.

Fico enroladinha que nem tatu-bola, como diz meu pai. Foi por isso que ele me deu o apelido de Tatu. Não me importo que me chamem de Tatu. Já me acostumei. O que eu não gosto é quando meu pai me chama de Bacalhau Preto. Isso eu detesto. Nunca entendi o porquê desse apelido. Ele diz que é porque sou seca como um bacalhau. Dona Latina da banca de peixes da feira me mostrou um, e não tem nada a ver; não pareço nem de longe com bacalhau nenhum. Dona Latina também não acha. Eu perguntei:

– A senhora acha que eu pareço um bacalhau preto, dona Latina?

Depois que parou de quase morrer de rir, ela respondeu:

– Essa menina tem cada uma! É claro que não. Olha, um bacalhau é assim, está vendo? – E me mostrou um pedaço de peixe seco, encardido, que não era nadinha mesmo parecido comigo. – Bacalhau preto!, isso não existe, Deus do Céu! É cada uma que inventam! Bacalhau é tudo dessa cor, está vendo?, marrom: às vezes mais claro, às vezes mais escuro, mas é tudo assim ou branquinho. Que ideia! – E continuou rindo. Eu ri junto porque é muito bom ter certeza de não ser parecida com bacalhau.

Mas é o que meu pai diz quando está zangado e começa a gritar:

– Cadê Josicleide? Cadê essa plasta de bacalhau preto?

Eu sinto uma coisinha ruim pular no peito, lá dentro, no fundo, e apertar. Fico com uma vontade enorme de chorar, mas engulo as lágrimas porque senão é pior, ele fica mais zangado ainda.

Já os meus irmãos só têm apelidos bonitos. Meu irmão Nelore tem o apelido de Tigre. E Aparecidinha, a caçula, é Xuxu, porque é uma gracinha mesmo. Meu pai é quem escolhe os nomes e os apelidos aqui de casa. Meu nome foi ele que inventou, juntando o nome dele, que é Josivaldo, com o nome da minha mãe, que é Luzileide. Eu acho que ficou bonito. O Nelore ele escolheu depois que trabalhou uns tempos numa fazenda de gado da raça Nelore. Diz que um dia vai ter uma fazenda igual, cheia de boi branco, e que meu irmão vai ser o dono. Aparecidinha foi promessa que ele fez para Nossa Senhora Aparecida, por ela ter curado minha mãe de uma doença antes da Xuxu nascer.

Meu pai e minha mãe gostam muito dos meus irmãos, mas não gostam de mim.

Não sei a razão, mas não gostam. Morro de tristeza por causa disso.

Só eu é que vou para a rua, trabalhar. Meus irmãos ficam em casa. O Nelore já começou a ir para a escola.

Mas, pensando melhor, acho que sei por quê. É porque sou a mais velha. É a irmã mais velha que tem que ajudar os pais a ganhar dinheiro para cuidar dos irmãos menores. Isso, eu acho certo e não me importo. Gosto de ajudar a criar meus irmãos. Mas eu queria muito ir à escola. Xuxu não vai porque é novinha, mas Nelore vai todo dia. Com uniforme e tudo. Eu já fui, mas tive que parar porque meus pais acharam que eu devia ficar o dia todo na rua, para ganhar mais dinheiro. Eu consigo muito dinheiro na rua, eles têm razão.

Sei fazer acrobacia e malabarismos. Não sei como aprendi. Meu pai diz que nasci assim, com corpo de borracha. Ele diz que se a gente fosse rico, eu ia ser como a Daiane dos Santos, aquela menina da ginástica que já vi várias vezes na televisão da madrinha. Eu achei... nossa! Fiquei tão assim, sei lá! Ela parecia o quê?... Meu Deus, a coisa mais linda que eu já vi! Nem sei o que ela parecia! Parecia voar! É... Ela parecia voar! Meu pai vive dizendo:

— Se a gente fosse rico, essa plasta de bacalhau preto ia ser igualzinha à Daiane. Ia dar essas cambalhotas todas. Escreve aí o que eu tô dizendo: a Tatu ia aprender a voar!

Aí a madrinha diz para ele que a Daiane não é filha de rico e que, se ele me levasse a um lugar para aprender, eu podia, sim, ser como ela, pois sou muito flexível. A madrinha não diz que eu sou de borracha, ela diz que sou "flexível". Acho lindo isso, ser "flexível".

A madrinha é manicure, trabalha num salão de beleza muito chique, todo cheio de luzes — às vezes vou lá meio escondido. Ela é muito elegante e bonita, e sabe de muitas coisas. Na verdade, não é mesmo minha madrinha, mas não faz mal, é como se fosse. Eu é que chamo assim. Perguntei se podia, e ela disse que, claro, eu podia sim, e que ela acharia muito bom.

Meus irmãos têm madrinha e padrinho, mas eu não.

Já morri de chateada por causa disso. Pedi, implorei, chorei, e disse para a minha mãe que, se não desse para ter padrinho, que eu queria pelo menos uma madrinha. Mas ela disse que eu deixasse de bobagem porque não precisava de madrinha nenhuma.

Nunca entendi por quê. E fiquei com uma tristeza tão grande no fundo do peito que resolvi arrumar uma madrinha por conta própria e perguntei para dona Gisele se ela podia ser. Ela é tão boa que aceitou, e desde então tenho madrinha, mas escondido. Perto dos meus pais, eu não digo que tenho madrinha. Eles não iam gostar.

Voltando às acrobacias, é por causa delas que ganho dinheiro para comprar comida e ajudar meus pais. E é por isso que não vou mais à escola. Para quem pergunta, meu pai diz que eu vou sim, mas não vou não.

Eu sei fazer muitas e muitas coisas. Na rua, faço principalmente três, que é como meu pai disse para fazer.

Primeiro: quando o sinal fica amarelo, fico na frente dos carros e viro meu corpo todo para trás, planto bananeira e dou várias cambalhotas, uma atrás da outra, bem rapidinho.

Segundo: aí depende um pouco do dia, mas posso enfiar a cabeça entre os braços e dar um sorriso para as pessoas nos carros, ou posso passar os braços pela cabeça, apoiar o peito no chão e passar as mãos pelos pés, como se fosse um nó humano. É assim que meu pai diz, "Como se fosse um nó humano!".

Terceiro: pego a sacolinha e vou passando entre os carros. Às vezes tenho que fazer isso de cabeça para baixo, apoiada nas mãos e com os pés para cima. Vou segurando a sacola com os dedos do meu pé direito. Com os dedos do pé esquerdo, não dou conta de segurar firme. Se o pessoal do carro colocar muitas moedas e a sacola ficar pesada, tenho que me pôr de pé e aí... Bem, se meu pai ou o tio Sandoval estiverem por perto, levo bronca. Por isso, tenho sempre que me lembrar de segurar a sacola com o pé direito.

Fora essa parte, de que não gosto muito, o resto é facílimo. Não sei por que as pessoas ficam admiradas.

Esse número dos três pontos foi meu pai que me mandou fazer. Ele sempre treina números novos comigo. Quando acha que o pessoal já está enjoando, me faz inventar um nó diferente. Agora estou inventando um que é quando me enrolo toda, como estou enrolada agora na cama, e saio rolando como se fosse uma bola.

Meu pai disse que vai ser um sucesso. Inclusive porque nessa esquina, onde estamos trabalhando agora, tem uma ladeirinha, então vai dar para rolar bastante. É capaz de ser um pouco chato por causa da sujeira e das pedrinhas no chão, mas tudo bem, eu vou de calça comprida e de blusa de manga comprida. Dá para aguentar. Aí eu vou ganhar mais, meu pai vai ficar feliz, minha mãe vai ficar feliz e meus irmãos vão ficar felizes.

E eu também, se tudo der certo, vou ficar feliz.

Desde nenezinha, trabalho na rua. Antes, eu ia no colo da minha mãe, mas assim que aprendi a andar comecei a vender coisas eu mesma, enquanto ela ficava olhando de longe. Meu pai me ensinou a dar um sorriso para quem passa de carro, e fazer cara de quem está com fome. Isso nem preciso me esforçar para fazer porque, quando chega lá pelas duas horas da tarde, minha barriga já está roncando. Geralmente essa é a minha cara mesmo. É que depois do pão com margarina que como antes de sair cedinho de casa, só vou comer outra vez de noite, na hora da janta. Às vezes ganho um sanduíche e aí posso comer. Mas não posso usar o dinheiro para comprar nada. Tudo que eu ganho eu dou para os meus pais porque meus irmãos precisam comer. Eles são mais novos e precisam comer mais. Eu só como o que sobra. Já estou acostumada e não me importo, se é para eles. Não mesmo.

Antes eu estudava de manhã e vendia chicletes e dropes à tarde. Minha mãe ficava sentada na esquina com Nelore no colo. Xuxu nem era nascida ainda. Eu e outros meninos, filhos de um amigo da minha mãe, vendíamos um monte de coisas. Dependia. Minha mãe me dava o que eu tinha que vender. De uns tempos para cá, ela parou de vir comigo. Quem me acompanha é o tio Sandoval, que tem quatro filhos. Acho muito melhor porque minha mãe é brava. Briga muito comigo. O tio Sandoval, não. Ele em geral desaparece e nós ficamos sozinhos. Aí é bom porque, às vezes, dá até para brincar um pouco. O problema é que a gente acaba brigando muito, também. Os mais velhos dão cascudo e beliscão, querem pegar o dinheiro dos menores. O meu ninguém se atreve a pegar porque todo mundo tem medo do meu pai. Inclusive tio Sandoval.

Meu pai só passa de vez em quando. Para "inspecionar", como ele diz.

É ele quem decide em que ponto a gente vai ficar. Até pouco tempo, ficávamos numa rua movimentada, perto do centro da cidade. Agora, estamos nessa esquina mais calma, perto de uma avenida arborizada, larga e bonita. Eu fico no cruzamento da avenida com uma rua cheia de casonas grandes.

Meu pai disse que vai ser bom porque é bairro de gente rica. Ele trouxe a gente e depois voltou para casa.

Acho que o trabalho do meu pai sou eu.

Mas gostei daqui. A favela onde moramos fica perto. Dá para ir a pé. Posso voltar para casa mais cedo e ver televisão na madrinha. Quase toda noite vou para lá. Depois que meus irmãos estão dormindo, meu pai e minha mãe vão para o boteco da esquina, finjo que também estou dormindo, e escapulo pela janela do quarto que dá para os fundos da casa da madrinha. Aí, às vezes, em vez de ver televisão, aproveito para ler e fingir que estou estudando.

É só fingimento mesmo, porque na verdade não sei estudar e não posso.

Meu pai não quer. Diz que já chega. Que eu já sei ler e escrever e está bom demais.

Pelo menos na casa da madrinha posso ler tudo o que eu quiser. Lá tem sete livros, cinco deles encadernados, e muitas revistas velhas que o chefe do salão dá para ela. Os sete livros, ela guarda bem arrumadinho numa estante forrada com um paninho de crochê branco que ela mesma fez. Acho lindo! Já li um livro inteiro, a *Vida de Santa Teresinha do Menino Jesus*, e estou começando a ler outro, que é maior ainda e se chama *Enciclopédia Barsa*. A madrinha diz que nunca viu menina tão inteligente quanto eu.

"Você ainda vai longe, Tatu", é assim que ela fala.

Minha madrinha, sim, gosta de mim. Ela não tem filhos, é solteira e é da minha cor. Meu pai e minha mãe e meus irmãos, não. Eles são clarinhos. Meu pai diz que eu sou preta.

Dona Latina da feira diz que eu sou morena.

A madrinha diz que sou mulata como ela.

Só de uma coisa eu tenho certeza: branca eu não sou. Branca é aquela menina linda que passou naquele carro enorme hoje. Foi antes da chuva ameaçar cair e o tio Sandoval achar que a féria já estava boa e podíamos voltar para casa.

Eu estava lá, fazendo os números um e dois na frente dos carros, e um carrão preto, cheio de vidros fechados pretos, era o primeiro da fila. Dentro dele, uma menina foi abaixando devagarzinho o vidro. Depois, ficou me olhando com um olhar espantado. Não do jeito como as meninas ricas que passam de carro me olham, mas de um jeito que parecia – e agora vou pensar uma coisa que acho que não é verdade, mas foi o que achei que ela estava achando –, era como se, sei lá, por mais impossível que fosse, era como se ela estivesse achando bonito o que eu estava fazendo. Como se estivesse pensando que ela mesma não daria conta de fazer nada parecido, o que é uma bobagem. Claro que uma menina daquelas sabe fazer isso e muito mais, imagina! Ela era tão branquinha que parecia de neve. Eu nunca vi neve, não sei como é neve, mas acho que ela parecia feita de neve.

Amanhã vou começar a fazer aquele novo nó humano que o pai quer que eu faça. Se for para rolar no chão, tomara que continue chovendo, assim o asfalto não esquenta demais.

Bem que a menina do carrão preto podia passar e me ver rolando que nem bola pelo chão.

Ia ser legal.

Outro dia aconteceu uma outra coisa que também me deixou pensando.

Foi um menino que passou pela esquina, mas ele passou a pé. Tinha óculos e era meio feio, como são os meninos. Todo bem-arrumado, de tênis importado e tudo. Era parecido com esses que nunca falam com a gente.

Eu tinha acabado de fazer umas acrobacias até meio difíceis, passei a sacola e sentei no meio-fio esperando o sinal fechar de novo.

Aí esse menino rico chegou perto e perguntou meu nome.

Achei esquisito um menino desses chegar perto e falar comigo, e pensei que talvez fosse melhor nem responder. Mas antes de terminar de pensar, minha boca já tinha falado sozinha:

– Josicleide, mas pode me chamar de Tatu.

– Tatu? – Ele arregalou os olhos, como se eu tivesse falado uma língua incompreensível. Aí, me encrespei. Levantei do meio-fio e falei de cara fechada:

– É. Tatu, sim. Por quê? É proibido?

E saí meio chateada ou meio zangada, ou as duas coisas, tanto faz. Mas a verdade é que depois fiquei meio arrependida de ter saído assim. Talvez ele só quisesse conversar. Talvez quisesse ser meu amigo. Seria tão bom se fosse isso... Mas é meio impossível. E também logo ele foi embora.

A madrinha diz que sou muito estourada. Sou mesmo, é verdade.

Mas também, por que ele fez aquela cara? Só porque é rico, não sabe o que é tatu nem o que é um apelido?

4
O país fantástico

— TARSILA! SAIA DESSA JANELA, EU JÁ FALEI! Ô INFERNO!

Puxei a cortina e me atirei na cama. Mamãe acabava de invadir meu quarto.

— Você quer acordar amanhã e ver sua cara estampada no jornal? É isso?

— Não, mamãe...

— Quantas vezes eu já falei? Quantas?

Mamãe também se atirou na minha cama, estendeu os braços para cima e suspirou. Ela usava um longo preto que eu adoro, pois ele sai de uma gargantilha. O vestido todo fica costurado numa gargantilha de diamantes. Mamãe fica linda nele. Usava também um bracelete de ouro branco no braço direito e uma pedra na mão esquerda. Pedra é o nome que mamãe usa quando quer dizer "anel". Eu demorei para entender isso. Peguei na mão de mamãe, para ver seu anel. Era um rubi. Eu prefiro esmeraldas.

— Ai, filhinha... Meu tesouro... Eu não devia ter gritado com você.

— Não faz mal. Passou.

Se mamãe chorasse, ia borrar toda a maquiagem, teria que refazer e papai ficaria bravo com o atraso. Fui mais rápida que a primeira lágrima:

— Você está linda, mãe. Você vai ser a mulher mais linda da festa.

Mamãe sorriu, levantou-se e foi se olhar no meu espelho de corpo inteiro. Rodopiou.

— Você não acha que estou muito discreta? Acho preto tão batido... Queria ir com o Dior amarelo, mas sabe o que seu pai falou?

— Ele falou: "Menos".

Dessa vez mamãe riu. Pronto, agora não tinha mais perigo de choro.

— Tarsila, veja aí se já dá pra sair. Mas cuidado...

Abri só uma frestinha da cortina. O suficiente para espiar. Ainda tinha meia dúzia de jornalistas do outro lado da rua. Há mais de uma hora meus pais estavam espiando pelas janelas da nossa nova casa, esperando. Há mais de três dias eu estou esperando. Os jornalistas, desde que chegamos, esperam. O que todo mundo espera? Eu espero algum dia poder pisar nas ruas do Brasil.

Desci do avião, andei por um corredor e saí no saguão do aeroporto. No aeroporto, um carro de vidros escuros esperava por nós. Acho horroroso vidros escuros. Lá em Zurique, quando passava um carro assim na rua, eu sempre achava que havia mafiosos dentro. Fiquei quase uma hora dentro do carro. Essa cidade é do tamanho de um país. Quando finalmente chegamos na nossa casa nova, o carro entrou por um portão automático, percorreu um trecho de paralelepípedos e estacionou na porta da frente, onde o chão é de mármore. Mamãe me empurrou para dentro. Ou seja, ainda não pisei em território brasileiro.

— Mãe, quando é que a gente vai poder sair na rua?

— Em breve, querida. Muito em breve. Agora me dê um beijinho de boa-noite.

Pulei para debaixo das cobertas e recebi meu beijinho. Papai gritava que a área estava limpa. Exatamente essas palavras:

"A área está limpa!". Começo a desconfiar que sou mafiosa e não sabia.

Não conseguia dormir. Não por causa de barulho. Apesar do tamanho desta cidade, a rua aqui é muito silenciosa. Quase não passa carro. Ela é toda em zigue-zague e quem passa por aqui são moradores. A pé, não passa ninguém. O único barulho que é realmente chato são os helicópteros. Nunca vi tanto helicóptero junto. Até agora, é o que acho mais estranho no Brasil: a superpopulação de helicópteros. Lá em Zurique, o único helicóptero que havia era o do Papai Noel.

Desde que cheguei, tem uma coisa que não me sai da cabeça. No caminho do aeroporto para casa, vi uma menina como a Violet, no final do filme *A fantástica fábrica de chocolate*. Ela parecia não ter ossos. Só que a Violet do filme tem pele azul e essa era negra, de um negro bem menos escuro que o das crianças de Uganda.

Quando paramos no sinal vermelho, essa Violet se aproximou do carro, segurando uma sacolinha. Entendi que era um pedido de gratificação, como o dos músicos de Nova York. Eu tinha alguns euros comigo e abaixei o vidro, mas fiquei em dúvida se ela aceitaria euros. Provavelmente não. Queria cutucar Tarso e dizer que aquilo era realismo fantástico. Pois tinha, sim, alguma coisa de fantástico naquela menina! Ninguém se dobra daquele jeito, nem no *Cirque du Soleil*. Minha vontade foi pegar o pulso da Violet e apertá-lo. Se eu espremesse, acho que não encontraria resistência. Minha mão se fecharia em torno do pulso da Violet. Quando eu soltasse, ele estaria fininho como um canudo. Aí a gente teria que modelar de volta em forma de pulso. Mas o motorista subiu meu vidro. Ninguém no carro percebeu que Violet estava ali. Só o motorista, que olhou para mim pelo espelho retrovisor e fez que não com a cabeça. O que era aquele "não"?

Agora, deitada na minha cama, nesse país que é meu, mas no qual nunca pisei, minha maior vontade é escapulir. Se existem meninas sem ossos, o que mais não deve existir lá fora?

Resolvi conferir. Em Zurique eu era especialista em sair de casa e voltar sem que ninguém percebesse. Tem dias em que passo horas no meu quarto, lendo. Descobri que, por conta disso, tenho um álibi: "Tarsila está lá, enfurnada nos livros...". E assim eu saio, sem que ninguém desconfie. Mas aqui terei que driblar o complicado sistema de segurança, e pior: os jornalistas. Voltei à janela, para estudar o território, tentar encontrar alguma brecha... Peguei um bloco de papel e reproduzi, em detalhes, o mapa da casa: portão da entrada de carros, o portão da entrada de serviço e o dos fundos; os três pontos de guarita; o portal de entrada para pedestres e o local onde os jornalistas estavam acampados. Hum... Nada fácil. A única maneira de sair daqui seria dentro do porta-malas de algum carro. Mas como eu sairia do porta-malas depois? Foi então que ouvi uma cantada de pneus e um som muito alto. Reconheci o CD: Beyoncé. Era Tarso! Mesmo sem idade para dirigir, lá estava meu irmão, com o motor roncando no portão da entrada principal. Os jornalistas, que até então cochilavam, acordaram e correram para cima do carro. Em seguida vieram os seguranças e começou o empurra-empurra. Tarso entrou rapidinho. Os jornalistas deram meia-volta e correram para o portal da entrada para pedestres, que nunca é usado, pois ninguém entra aqui a pé. Esse portal é meramente decorativo. Através dele dá para enxergar a porta de entrada da casa. Os jornalistas dispararam seus flashes. Tarso fazia gestos indecentes, xingava e... não acreditei! Jogou uma lata de cerveja na cabeça de um repórter. Vi as manchetes: "Tarso Ungaretti Fortuna Jr. mostra o dedo para o Brasil". "Madrugada agitada na mansão dos Fortuna."

Foi justamente no meio desse rebu que encontrei a deixa. O portão da entrada de carros estava livre! No corre-corre, os seguranças que montavam guarda ali foram para o portal dar reforço. Era isso!

Quando papai e mamãe voltassem da festa, a mesma cena se repetiria: eles chegariam de carro, tumulto no portão da garagem, ele se abre, o carro entra rapidinho, a imprensa corre para o portal, os seguranças correm atrás, tumulto e gritaria no portal. Enquanto isso, Tarsila, escondida entre os arbustos, entra pelo portão eletrônico, segundos antes de ele fechar.

E foi assim mesmo. A única diferença entre o que planejei e o que acabou acontecendo foi que meus pais voltaram de manhãzinha. O sol já estava nascendo.

Para não ser vista, me vesti de preto dos pés à cabeça e usei um gorro para esconder meus cabelos, que chamam muita atenção. Deixei quatro travesseiros debaixo do edredom, imitando direitinho o formato do meu corpo. Aprendi esse truque num filme. Nunca falhou.

Quando cheguei à rua, minha vontade era gritar de alegria. Eu estava finalmente no Brasil! Mas me contive. Qualquer barulho colocaria tudo a perder. Eu levava uma mochila nas costas. Andando bem rente ao muro, contornei a casa. Quando virei a esquina, tirei meu skate da mochila e chispei dali. Fui descendo as ruas em zigue-zague, prestando atenção para saber voltar depois. De vez em quando eu tirava uma foto pelo celular. Na volta, seria só olhar as fotos de trás para a frente.

Desci uma rua muito íngreme, numa velocidade absurda, e, ao virar a esquina, atropelei um menino.

– AAAAAAAAAHHHHHHHH! – gritou o menino.

Ele estava estirado no chão, procurando seus óculos. Eu também, esparramada no meio da rua, procurava minha mochila e meu skate. Estava tão assustada que comecei a chorar.

– Sua louca! – gritou o menino.

– Desculpa. Você se machucou?

– Você podia ter me matado! Louca!

— Seus óculos estão aqui.

O menino arrancou os óculos da minha mão. Nem agradeceu.

— Louca! – disse pela terceira vez.

— Meu nome é Tarsila.

Estendi a mão e me desculpei de novo. Disse que a culpa era toda minha e que não imaginei encontrar alguém andando a pé por ali, naquela hora. Tirei o gorro. O menino estendeu a mão:

— Meu nome é Fábio. Seu nome é Tarsila mesmo?

— Tarsila Ungaretti Fortuna. Sou nova no bairro.

— Como?

— Tarsila Ungaretti Fortuna – repeti.

— Você tá querendo me dizer que é filha do Fortuna?

— Sim.

Então Fábio começou a rir de soquinho, depois riu mais alto, depois apertou a barriga e apontou para a minha cara.

— Cara... Olha isso...

Ele olhava para a rua vazia como se procurasse alguém para dizer: "Olha isso...".

Eu queria mudar de assunto, e rápido.

— Você mora por aqui? – perguntei.

— Morava.

— Onde você mora agora?

— Não sei ainda. Acabei de fugir de casa.

Fábio deu uma olhada na minha mochila, no skate, e perguntou:

— Você também tá fugindo?

— Não. Eu só estou dando uma voltinha.

— Horário estranho pra dar uma voltinha.

5
A estranha origem das amizades improváveis

Quando Tarsila me atropelou, fiquei tão bravo, que inventei aquela história de fugir de casa para que ela não pensasse que eu era uma minhoca branca caída na calçada. Para piorar, tinha perdido os óculos.

— Estou fugindo de casa porque minha família quer me internar num manicômio. Antes que me pusessem numa camisa de força, dei um soco em cada um dos enfermeiros e saí correndo.

— Por que eles querem te internar num manicômio? — Tarsila perguntou, vesga de preocupação.

— Choque de ideias. Minha família não aceita que eu pense diferente deles.

Fiquei com vergonha de contar que estava ali por causa do Rex. Toda vez que a Pulga entra no cio é esse inferno. O Rex quer cruzar com ela o tempo todo. Só que o Rex é um bassê minúsculo e a Pulga, uma pastora preta imensa. Conclusão: eles não vão conseguir transar nunca. Os dois choram a noite inteira. Dessa vez o barulho estava tão infernal que minha mãe veio ao meu quarto exigir providência.

— Fábio, tenho que trabalhar amanhã cedo e não estou conseguindo dormir. Leva esses malditos cachorros pro quintal, pelo amor de Deus!

Deixei o Rex no meu quarto e desci com a Pulga. Saí com ela no jardim. O dia estava começando a amanhecer. Resolvi dar uma volta no quarteirão. Abri o portão e saí. Foi quando a louca do skate me atropelou.

Eu estava a fim de levar a história de fugir de casa em frente, inventar detalhes sórdidos para deixá-la ainda mais assustada, mas quando ela me disse que era filha do Tarso Fortuna, achei melhor parar por ali e falar a verdade.

– Estou passeando com minha cachorra.

– Aquela ali?

Nesse instante a Pulga veio correndo ver se eu precisava de socorro. Segurei-a pela coleira e falei que estava tudo bem. Ela deu uma lambida na mão da Tarsila e continuou fuçando a terra da pracinha.

– Você sabe que nossas famílias são inimigas? – perguntei para a garota.

Se ela quisesse continuar falando comigo, era melhor saber a verdade.

– Como assim?

– Quando seu avô era presidente da República, ele prendeu meu avô e o expulsou do Brasil. Aliás, não só meu avô, mas um monte de gente.

– É mesmo? – Pelo jeito ela não sabia.

– Você não tem culpa. Nessa época, nós nem tínhamos nascido, mas acho bom você saber. Até porque vai ter que se acostumar. Aqui no Brasil ninguém suporta o seu avô.

– Quer dizer que ele foi um ditador?

– Dos piores. Um dia o povo se encheu e botou ele pra correr.

– Meus pais nunca me falaram nada sobre isso. Meu avô morreu há muito tempo. Eu quase não lembro dele.

– Esquece. A gente não tem culpa dos erros que a família da gente comete.

Olhei bem para ela, vestida de preto da cabeça aos pés, mochila nas costas, gorro enfiado na testa, e falei:

— Quer saber? Acho que quem está fugindo de casa é você.

— O problema é que, desde que cheguei, meus pais não me deixam pôr os pés pra fora de casa. Eles dizem que isso aqui é uma selva, que tem bandido por toda parte, que aqui se mata por qualquer coisinha. Então aproveitei que eles foram a uma festa e dei uma fugidinha rápida. Mas pretendo voltar.

Quando ela contou que deixou quatro travesseiros por baixo do edredom, para ninguém perceber, eu não acreditei:

— Pensei que isso só acontecesse nos filmes.

— Imagina! Em Zurique eu vivia fazendo isso. Meus pais me prendem muito.

— E os meus me soltam muito. Na minha casa ninguém sabe se estou no quarto ou não, se fui pra escola ou não. Acho que se eu morresse, eles iam demorar uma semana pra notar que havia algo errado.

— E você reclama? Você não sabe como é sufocante ser vigiada vinte e quatro horas por dia. Não vejo a hora de ir pra a escola pra sair um pouco.

— Vira essa boca! As férias mal começaram e você vem falar em aula? Onde você vai estudar?

— No Machado de Assis.

— Que coincidência! É lá que eu estudo. É uma escola muito legal, uma das melhores que tem aqui.

Nisso apareceu na esquina uma garota que eu já tinha visto em algum lugar, mas não lembrava onde. Sem que eu tivesse aberto a boca, Tarsila deu um grito:

— Olha ela!

— Você a conhece?

— É a Violet. Ontem eu a vi se exibindo na avenida e fiquei maluca. Você precisa ver o que ela faz com o corpo.

Claro! Era a Tatu. Eu também tinha achado demais o jeito com que ela andava recolhendo dinheiro entre os automóveis, de cabeça para baixo! Até perguntei o nome dela. Ela me disse e saiu correndo. Atravessamos a rua e fomos atrás da menina. Ela nos encarou de olhos arregalados. Parecia que estava com medo da gente.

– Oi, lembra de mim? Meu nome é Fábio. Ontem eu falei com você. Achei demais sua flexibilidade.

– Eu também – disse Tarsila, pegando no pulso de Tatu. – Você parece a Violet do filme *A fantástica fábrica de chocolate*.

Assustada, ela puxou o braço.

– Você é uma artista! – disse Tarsila.

– Artista? – Tatu coçou as trancinhas. – Aquilo é muito fácil. Qualquer um pode fazer.

– Onde você aprendeu? Em que escola?

– Eu aprendi sozinha. Acho que nasci sabendo. Vocês precisam ver o número da bola no asfalto. É o mais legal.

– Faz, faz – suplicamos.

Ela colocou a sacolinha na calçada, deu um salto e virou uma bola humana, na nossa frente, sem truque nenhum. Como se não bastasse, correu até o fim do quarteirão e voltou rolando pelo meio da rua. Eu e Tarsila ficamos em estado de choque. Depois ela se desembolou e perguntou com o maior sorriso:

– Gostaram?

Nós aplaudimos e gritamos freneticamente. Nunca tínhamos visto nada igual.

– Querem tentar? – ela perguntou.

Aí foi nossa vez de dar risada.

– Posso tirar uma foto? – disse Tarsila de celular em punho.

Ao se ver no visor, Tatu comentou:

– Ô bicho feio.

Eu queria saber mais sobre aquela criatura que parecia não ser de carne e osso.

– Onde você mora?

– Moro ali na favela.

Ao ouvir essa palavra, Tarsila ficou tensa e se afastou um pouco. Favela? No mínimo seus pais haviam lhe dito que favela era um lugar perigosíssimo, cheio de traficantes, delinquentes e que todo mundo que morava na favela era bandido.

– Calma! – falei. – Na favela tem muita gente normal.

Ela confiou em mim e relaxou.

– Tenho uma ideia – propus. – E se a gente fosse tomar café da manhã na minha casa? A essa hora a Vanda já acordou e faz um café legal pra gente.

– Café da manhã? – Tatu franziu a testa. – Só se for bem rápido. Já já o movimento na avenida começa e eu tenho que trabalhar. Tio Sandoval deve estar me esperando.

– Ele é seu empresário? – perguntei, pensando que fosse alguém que tomasse conta da carreira dela.

Mas ela nem sabia o que era empresário. Sandoval era o homem que tomava conta das crianças que trabalhavam "no pedaço", como ela disse.

Quando chegamos em casa, Tatu ficou pálida e com as pernas bambas ao ver a biblioteca do meu avô. Se eu não seguro, ela caía no chão. Aos poucos foi melhorando, e falou com voz quase sumida:

– Quanto livro! Você já leu tudo isso?

– Imagina! Duvido que alguém nessa casa tenha lido um décimo do que tem aí.

Dei a mão para ela e levei-a para a cozinha. Vanda já estava acordada e quis saber quem eram aquelas meninas.

– Elas dormiram aqui?

– Não. Nós nos conhecemos agora mesmo, na rua.

– Fábio, Fábio... O que você está aprontando?

A Vanda é gente boa e confia em mim. Sentamos os três na mesa da copa. Eu fiz um sanduíche gigantesco. A Tarsila, toda fresca, colocou o guardanapo no colo e comeu uma fatia de melão, de garfo e faca. E a Tatu só olhava.

– Você não vai comer nada? – perguntei.

– Posso pegar?
– Claro que pode.
Ela comeu dois sanduíches e tomou um copo de suco. De repente, perguntou:
– Você come assim todo dia?
– Assim como?
– Esse tantão de comida.
– Na sua casa vocês não tomam café da manhã? – Tarsila perguntou. Típica pergunta de quem nunca viveu no Brasil.
– A gente toma café e come pão com margarina.
Nessa hora tio Otávio entrou na cozinha e eu lhe apresentei as meninas. Ao saber que Tarsila morava na mansão da esquina, ele matou a charada:
– Quer dizer que você é filha do Fortuna?
Temendo o pior, encerrei a conversa por ali.
– As meninas precisam ir embora. Elas estão de saída. Vamos? – chamei-as.
Mas ele insistiu:
– Você contou pra ela que nós temos um caldeirão de água fervente pra afogar neta de ditador?
– Tio! – berrei furioso. – Não liga. Ele deve estar bêbado de ontem. Vai curar essa ressaca, vai.
Tarsila olhou para mim de nariz empinado e falou:
– Bem que você falou que a gente não tem culpa da família que tem.
Um troco à altura. Gostei.
Em seguida, Tatu olhou bem para a cara dele e perguntou:
– Quem mora na favela o senhor também joga no caldeirão?
– Ora vejam só! Uma vem da Suíça, outra da favela. Isso sim que é diversidade cultural!
Levei as meninas para fora e pedi desculpas pelo vexame do meu tio. As duas foram embora, dividindo o mesmo skate. Tarsila com a perna esquerda no skate e a direita para fora. Tatu com a direita no skate e a esquerda para fora. Falando

assim, parece esquisito, mas deu certo. E deve ser divertido, porque elas riam até não poder mais. Antes de virar a esquina, olharam para trás e me deram tchau.

Quando voltei à cozinha, tio Otávio falava sozinho:
— Essa menina vai ficar muito bonita quando crescer.
— Quem? A Tarsila? – perguntei.
— Não. A outra, a que mora na favela.
— Credo, tio! A Tatu é feia pra caramba!
— Você ainda é criança e não entende nada de beleza feminina. O mais estranho é que ela me lembra alguém que eu não sei quem é.

6
Saboreando as novidades

Que coisas maravilhosas são essas que estão acontecendo comigo? Que amigos incríveis são esses que fiquei conhecendo?

Quer dizer, a Tarsila é linda, maravilhosa, de verdade. Parece saída de um mundo que nunca vi! Agora, o Fábio é meio feinho, mas um feinho maravilhoso! Uma lombriga branquela, de óculos, maravilhosa!

E a Tarsila, quase nem acredito!, me deixou subir no skate. Parecia que a gente tinha brincado disso a vida inteira. Agarrei na cintura dela e deu certinho desde o começo. Foi tão bom! Parecia que nem era eu!

Na verdade, foi tudo tão maravilhoso que era como se meu mundo por um momento tivesse virado de cabeça para baixo e eu não soubesse mais em que cruzamento estava. Não sei direito como pensar nas coisas que me aconteceram hoje. Foram tantas e tão boas, que nem me importei muito com a única coisa ruim que aconteceu, que foi meu pai me bater como há muito tempo não batia.

Quando cheguei na avenida, ele estava parado na calçada, me esperando. Ainda bem que, um pouquinho antes, senti aquele friozinho conhecido na barriga e falei para a Tarsila que era melhor ela não me acompanhar até a esquina. Eu sabia que tio Sandoval não ia gostar do meu atraso, mas nem de longe imaginava que meu pai estaria lá. Meu atraso foi tão grande que tio Sandoval, vendo que eu não aparecia, esperou,

esperou, e acabou achando que a polícia tinha me levado e foi avisar o pai, que ficou morrendo de medo de ir preso também – esse é o pior medo dele, eu acho. Quando me viu, já veio me dando tapas e beliscões.

– Onde cê se meteu, bacalhau da peste?!

A madrinha diz que eu sempre tenho resposta para tudo, mas, pela primeira vez na vida, fiquei sem saber o que responder. É que um pouquinho antes eu estava tão feliz! Só sabia que não podia contar a verdade, o pai nunca ia me deixar ser amiga da Tarsila e do Fábio, mas não tinha tido tempo de inventar uma boa desculpa para explicar meu atraso. Então, fiquei quieta, mas ele continuou me dando tapas. O tio Sandoval perguntou:

– Foi a polícia que te pegou?

Aí me veio a ideia de dizer que sim, foi sim, foi a polícia que me pegou. E aproveitei e falei mais, porque comigo é assim, quando começo a inventar uma desculpa para não apanhar, não paro mais:

– Eles me levaram, e eram dois. Dois policiais, um homem e uma mulher. Mas eram meio bonzinhos. Só disseram pra eu ir com eles que...

– Disseram o quê? Quem eram eles? Perguntaram onde eu estava? – assustou-se meu pai.

– Não. Não perguntaram nada, não. Eles só me levaram pra casa deles e me deram um lanche e...

– Pra casa deles? – O pai desconfiou e tio Sandoval arregalou os olhos como costumava fazer quando não entendia alguma coisa, o que, aliás, vivia acontecendo. Ele e minha mãe vivem arregalando os olhos, assim: tem muita coisa que eles não entendem direito, não sei bem por quê.

– Não, não – tentei consertar. – Quando digo casa, eu quero dizer delegacia porque delegacia é como se fosse a casa da polícia, não é? Foi lá. E o lanche também não era bem lanche e não era bom, não. Era ruim. Tava parecendo meio podre.

Quer dizer, o pão era pão velho, embolorado e meio duro, e o queijo não era bem queijo, era uma pasta esquisita como aquela, pai, que a gente comeu uma vez, lem…

– Mas quem são eles? Já passaram por aqui antes?

– Não. Foi a primeira vez que eu vi. O homem é bem alto, moreno, e a mulher é meio baixa e gordinha, meio loura, não vi direito, mas parece que usava óculos. Ela…

– Não viu direito, como? Eles não levaram você e até te deram um lanche?

– É… Deram. Mas o policial ficava perto e a mulher ficava meio longe. Por isso, pude ver melhor a cara dele e não a cara dela, que era mais emburrada do que a dele. Acho que era por isso que ela ficava mais de longe, porque era mais brava… Sabe, pai, as pessoas bravas às vezes passam mal e…

– Hum…

Senti que era melhor parar de falar porque o pai estava começando a achar esquisita aquela história inventada às pressas.

– Tô sabendo – continuou ele. – Quando eles passarem de novo, me mostra que preciso ter uma conversinha com esses dois. Saber direito do que é que eles estão atrás. Agora vai, vai. Vai lá pra frente, ô plasta de bacalhau preto! Quero ver você trabalhar dobrado pra recuperar o tempo que perdeu, troço mais imprestável!

Ele ainda ficou zanzando por ali, meio desconfiado, perguntando para os outros meninos se alguém tinha visto alguma coisa, mas pelo menos bater ele não me bateu mais. Depois se cansou e foi embora, deixando tio Sandoval ainda de olho arregalado.

Eu passei o resto do dia muito feliz, pensando em tudo o que tinha me acontecido. A tarde passou tão depressa que nem vi. Também, com a barriga cheia como estava, com o lanche que comi na casa do Fábio… Nunca vi coisa igual, aquele tanto de comida! Dava para alimentar minha família a semana inteira! E não só isso: o tanto de livros que tem na casa dele, não dá para acreditar! Nunca imaginei que existisse tanto livro no mundo! Fiquei grudada no chão, olhando aquela sala superenorme, maior do que minha casa junto com a casa da madrinha e mais a do seu Alípio e a da dona Diva, e os livros encostados nas duas paredes, subindo do chão até o teto! Eu não sabia para onde olhar nem o que dizer.

Tudo naquela casa é demais!

Tem até um caldeirão para ferver neta de ditador! Mas isso eu acho que era só o jeito de falar do tio do Fábio, que é muito engraçado. Imagina alguém ferver a Tarsila, que é a menina mais bonita do mundo e agora é minha amiga!

Os dois, Fábio e Tarsila: meus amigos! Não consigo parar de pensar nisso. É como se esse pensamento fosse uma bala deliciosa dissolvendo devagarzinho no céu da minha boca.

Quando voltei para casa, jantei sopa de feijão com toucinho que tinha sobrado, pus Nelore e Xuxu na cama, e fingi que estava dormindo até ouvir meus pais saindo e batendo a porta, aí escapuli pela janela e fui contar para a madrinha tudo o que tinha acontecido. Nem soube explicar direito como foi que encontrei os dois.

— Parece que eles estavam me esperando, madrinha!

Ela ficou muito espantada.

Depois, falei da foto no celular que a Tarsila tirou de mim! E o mais engraçado é que ela sabia quem era a Tarsila. Quando falei o nome completo da minha melhor amiga – Tarsila Fortuna –, a madrinha disse:

— Já sei quem é essa menina, Tatu! É gente milionária! Tem uma revista no salão com fotos do pai dela. Eles vieram da Europa e vão morar aqui. A dona Roseane até comentou que ele é um corrupto dos grandes e que estava escondido na Europa.

— O tio do Fábio falou que o avô dela era ditador. O que é ditador, madrinha?

— Nem queira saber, minha filha! É uma coisa horrorosa. É um tipo de governante que manda prender e arrebata e acaba com tudo o que o país tem de bom. Na época do meu pai, aqui tinha ditadura, e ele sofreu muito. Ele e minha mãe eram operários e falavam das coisas tristes que aconteceram com eles e com os amigos. Qualquer dia conto pra você. Mas agora já está tarde. Vem cá me dar um beijo e volta pra sua casa. Mas, ei?! O que é isso na sua orelha? Você andou se cortando, Tatu?

– Não é nada, não – eu disse, e mais não falei porque para a madrinha eu não minto de jeito nenhum. Só completei: – Já passou – porque já tinha passado mesmo.

Ela me olhou daquele jeito preocupado com que me olha às vezes.

– Eu já falei e vou repetir: uma coisa é você trabalhar pra ajudar em casa. Eu não acho isso certo, mas respeito porque tem um motivo: a precisão. Agora, bater é coisa muito diferente, viu? Se seu pai voltar a bater em você como batia antes daquela conversa que tive com ele, lembra?, por favor, me diga que isso eu não vou permitir, tá me entendendo, Tatuzinha?

E me abraçou daquele jeito que eu gosto tanto, e que às vezes me dá até vontade de chorar, de tão bom que é. Mas dessa vez eu estava tão feliz que a surra do meu pai era a coisa menos importante na minha cabeça.

Voltei para minha casa, mas quem disse que dei conta de dormir?

As cenas maravilhosas daquele dia ficaram passando e repassando na minha cabeça. Como na hora em que a Tarsila falou que eu parecia com a menina de um filme chamado *A fantástica fábrica de chocolate*! Fiquei com vergonha de contar para eles que eu nunca fui ao cinema. Só vejo filmes na televisão da madrinha. Uma vez ela quis me levar para um cinema, mas meu pai não deixou. Disse que não precisava.

Quando será que os dois vão aparecer de novo? E que desculpa eu vou inventar para o pai? Mas para falar a verdade, mesmo que eu apanhe de novo, não importa. Nunca vou deixar de ser amiga da Tarsila e do Fábio. Nem que eu morra de apanhar, não tem importância.

7
Um gostinho da vida real

E eu achando que éramos mafiosos... A verdade é que pertenço a uma família de ditadores reacionários corruptos. Agora tudo faz sentido. Por isso os jornalistas continuam plantados na frente de casa! Será que vamos ser linchados? Certamente, é por isso que mamãe não quer que eu saia na rua. Mas como papai vai se candidatar se todo mundo sabe que somos ditadores reacionários corruptos? E eu que achava tão bonito meu avô ter sido presidente da República... Achava bonito ele ter dedicado sua vida ao país. Era isto que papai dizia: "Na nossa família dedicamos a vida ao país". Ou será que é tudo implicância do Fábio? Gostaria de acreditar que não, que tudo é apenas uma questão de divergência política.

Depois que saímos da casa do Fábio, acompanhei Tatu até a avenida onde ela trabalha. Quer dizer, onde ela fica. Aquilo não é trabalho. E também, ela não deixou que eu fosse até a esquina. Disse que daria a maior confusão se eu aparecesse lá. Tatu parecia nervosa, querendo se afastar de mim o mais depressa possível, o que me deixou meio chateada. Perguntei se ela gostaria de tirar um dia de folga e vir aqui para casa.

— Dia de folga?

— Lógico, pra você descansar um pouco. Afinal, você nem devia estar trabalhando. É contra a lei.

— E o que é que eu faria num dia de folga?

— Brincaria, oras. Podemos brincar de Barbie. Tenho várias.

Os olhos de Tatu brilharam. Achei que ela aceitaria o convite. Mas alguma coisa aconteceu, e ela mudou. Parecia brava. Disse que estava atrasada, que tinha que ir embora, e contou que o seu irmão Nelore havia arrancado a cabeça da sua única Barbie.

— Ele jogou a cabeça dela no buraco, eu pulei pra pegar e quase quebrei o pé. Daí meu pai me bateu e ameaçou jogar o resto. Por sorte eu consegui salvar o corpo.

Tatu disse tudo isso num fôlego só e foi embora falando sozinha, resmungando algo sobre o Nelore.

Eu voltei para casa.

Não foi fácil entrar. Tive que ficar escondida atrás de uns arbustos. Repeti a estratégia: esperei os jornalistas debandarem para o portal da entrada e me espremi pela porta da garagem automática. Corri para o meu quarto e aqui estou, desde então. A maior parte das minhas Barbies está aqui. Apenas as mais estropiadas eu despachei por navio. As roupinhas também vieram. Coloquei-as em cima da cama. Tenho doze Barbies, cinquenta e sete vestidos de baile, dezessete pares de sapatos, três vestidos de casamento, nove biquínis, três maiôs, doze vestidos de verão, dez chapéus e uma bola de ar que entalou na minha garganta. Ela não desce nem sobe. Quer me fazer chorar. Escovo os cabelos da Giselle, minha Barbie predileta.

— Ai! Você está puxando muito forte!

A Giselle sempre foi fresca. Ela nasceu na Suíça e nunca conheceu a vida de verdade. Nunca pisou na rua. Vive dentro de estúdio.

— Para, Tá! Assim você me machuca! O que foi que deu em você?

Ela tem orgulho de ser quem é. Nunca, em toda sua vida, Giselle teve uma crise. Ela é uma Barbie feliz.

— O problema, Tarsila, é que você não sabe quem é — ela me diz.

– Sei, sim! – respondo.

– Sabe coisa nenhuma. O Fábio Strong sabe mais sobre sua família do que você!

Arranco a cabeça de Giselle. Não por causa da acusação, mas porque chegou a hora de conhecer a vida real. Giselle vai ganhar um corpo novo.

– Você não teria coragem! – grita a cabeça, tentando morder minha mão.

– Quer apostar?

Percebo que ela perdeu seu jeito arrogante. O nariz não parece mais tão empinado. Gi faz cara de choro.

– Por favor, Tá... Não faça isso. Eu não devia ter falado aquilo... *Please*, Tá... Não me mande embora...

Mas a decisão está tomada. Guardo a cabeça dentro de uma bolsinha de veludo.

– Cruzes, Tarsila! Por que você está toda de preto a essa hora da manhã?

Mamãe acaba de invadir meu quarto, seguida por Daiane.

Percebo que Daiane olha fixamente para o corpo decapitado da Giselle. Pelas costas de mamãe, ela faz uma careta e um gesto de quem está louca para me decapitar também. Por último, me lança um sorrisinho cínico.

Dois minutos depois, mamãe volta, esqueceu de dizer alguma coisa.

– Tarsila, nós resolvemos que Daiane vai trabalhar aqui em casa.

A cara dela surge por trás da mamãe.

– Ela será minha assistente pessoal.

Mamãe nunca teve uma assistente pessoal. Não faço ideia do que seja isso.

– É um tipo de enfermeira? – pergunto.

– Claro que não! E eu lá preciso de enfermeira? Que pergunta... Ela vai me ajudar com minhas obrigações.

Não consigo imaginar que obrigações sejam essas. Mamãe nunca trabalhou.

– Gostou, Tá?

– Gostei.

Daiane fecha lentamente a porta do meu quarto sem tirar os olhos de mim. Antes de me deixar sozinha aqui dentro, faz outra careta, uma mistura de nojo com desprezo, e joga os cabelos para trás, igualzinho a Giselle, quando ela teve pescoço.

8
Fábio Strong se atrapalha com as meninas

Desde o primeiro momento percebi uma coisa esquisita na Tarsila. Uma coisa que me dava medo. A rebeldia, a coragem e a necessidade de liberdade dela me pareciam um pouco exageradas para alguém da sua idade. Eu pressentia que ela era capaz de fazer loucuras e de me levar a fazê-las. Detesto ser coagido e fazer alguma coisa que não quero.

Ontem de manhã, quando ela saiu daqui, eu perguntei:
– Você vai pra sua casa?
E ela me respondeu:
– Não sei. Vou pensar.
À tarde eu passei na avenida e a Tatu veio correndo me perguntar:
– Você ainda é meu amigo?
– Claro que eu sou – respondi.
Ela então chamou dois meninos que estavam por ali e me apresentou:
– Esse é o Fábio. Eu contei pra eles que tomei café da manhã na sua casa, mas eles não acreditaram.
– Qualquer dia eu levo vocês também. Só não levo hoje porque vou ao aeroporto buscar meu pai.
– De onde ele vem? Pra onde ele foi? Ele vem de avião? – eles faziam uma pergunta atrás da outra.
– Meu pai estava filmando no México. Ele dirige filmes.
– Filme de verdade? Que passa no cinema?

– É. Filme de verdade.
– Eu nunca fui ao cinema – a Tatu falou.
– Qualquer dia eu te levo. Prometo.

Imagina uma criança que nunca foi ao cinema! Nisso minha mãe passou, eu entrei no carro e nós fomos para o aeroporto.

Meu pai me trouxe um monte de presentes e fotos do deserto de Atacama. Disse que a comida lá é pura pimenta. Nós passamos a tarde juntos. Eu adoro quando ele volta de viagem porque a gente fica um tempão conversando, na maior boa. Depois as coisas voltam ao normal, mas nos primeiros dias é um paraíso.

No jantar, estávamos todos na mesa, quando tocaram a campainha. Eis que surge Tarsila no meio da sala, com o skate debaixo do braço, dizendo que precisava falar comigo. Todos olharam aquela menina vestida de preto, sem saber de quem se tratava. Vó Queridinha tomou a iniciativa:

– Boa noite, meu bem. Quem é você?
– Eu sou amiga do Fábio. Preciso muito falar com ele.

Tio Otávio comentou:

– Ora vejam, é a Fortuninha.
– Que Fortuninha?
– A filha do Tarso Fortuna. Ele agora é nosso vizinho.

Tarsila, que estava com cara de quem tinha visto fantasma, chegou perto da minha mãe e falou:

– Você não é a Nossa Senhora?
– Como? – mamãe perguntou sem entender.
– A Nossa Senhora daquele filme lindo!

Tarsila tinha assistido a *Meu Natal brasileiro*, que meu pai dirigiu, e reconheceu minha mãe.

– O menino da manjedoura era eu – falei.
– Jura? – ela perguntou boquiaberta.
– O que você está fazendo sozinha na rua tão tarde? Seu pai sabe que você está aqui? – mamãe perguntou.

Ela baixou os olhos e disse que não. Tarsila não gosta de mentir, a não ser quando é obrigada.

Papai então ponderou:

— Seus pais devem estar preocupados. É melhor você ligar e avisar que está aqui.

Imaginando que havia algo de errado, mamãe se ofereceu:

— Pode deixar que eu ligo e falo com sua mãe.

— Você é doida de se meter com essa gente — disse tio Otávio.

Mas ela já estava no telefone:

— Alô? É da casa da Tarsila? Eu queria falar com a mãe dela.

Dona Carmem veio ao telefone. Ela estava desesperada com o sumiço da filha:

— Quanto vocês querem pelo resgate da Tarsilinha? Digam que eu pago imediatamente.

— Minha senhora, quem fala é sua vizinha. A Tarsila está aqui em casa. Ela é amiga do meu filho. Não houve sequestro nenhum.

— O que a Tarsilinha está fazendo aí? Por que ela não telefonou? Desde quando minha filha tem amigos no Brasil? Vou mandar o motorista buscá-la. Qual é o endereço?

— Eu gostaria que você viesse buscá-la pessoalmente. Acho que precisamos ter uma conversinha.

Eu e Tarsila fomos para o meu quarto. Foi quando ela me mostrou um saquinho de veludo com uma cabeça de boneca. Levei o maior susto. Ela disse que ia dar a cabeça para Tatu.

— Você acha que ela vai gostar?

— Sei lá! — respondi. — Foi pra isso que você veio até aqui?

— Não. Vim porque precisava me abrir com alguém.

Tarsila então me contou como era sua vida na Suíça, o colégio onde estudava, dos seus amigos. Eu também falei um monte de coisa que ela ainda não sabia. Trocamos confidências como velhos amigos.

Eu contei uma coisa que aconteceu comigo quando eu estava na terceira série. Naquela época, eu era amigo de um garoto, o Lauzinho, que tinha tanto poder sobre mim que eu chegava a pensar que ele era paranormal. Ele me convencia a matar aula, colar nas provas, mentir para os professores, coisas que eu jamais faria "em sã consciência".

Um dia o Danilo nos chamou para ver os filhotes da cachorra dele. A ninhada estava numa caixa, no quintal. Eu fui com o Lauzinho. Assim que chegamos, ele começou a falar no meu ouvido:

– Pega um cachorrinho, pega um cachorrinho.

– Cê tá doido? Esses cachorros estão à venda, eu não posso fazer isso.

– Bobagem. São tantos que ele nem vai notar. Pega esse aqui e põe dentro do casaco. Depois eu fico com ele.

Uma hora o Danilo foi lá para dentro. Quando voltou, o cachorro já estava lambendo a minha barriga. Mais que depressa, inventamos uma desculpa e fomos embora. Danilo estranhou:

– Ué... vocês acabaram de chegar...

Andamos um quarteirão e entreguei a pequena criatura para o Lauzinho. Quer dizer, tentei entregar, porque ele olhou para a minha cara e falou:

– Eu não quero cachorro nenhum.

– Como assim? Eu só peguei porque você disse que queria. Foi você que me mandou pegar.

– Nem vem que não tem. Você pegou porque quis. Eu detesto cachorro.

– E eu já tenho dois na minha casa. Se chegar com outro minha mãe me mata.

Lauzinho simplesmente deu as costas e foi embora. Sem saber o que fazer, tomei coragem, voltei para a casa do Danilo e toquei a campainha.

– Eu estava indo embora quando vi esse cachorrinho atrás de mim. Olhei pra ele e pensei: acho que é um dos cachorros do Danilo. Trouxe de volta pra você.

O Danilo me agradeceu muito.

— Pô, cara, que legal! Se não fosse você, ele ia morrer atropelado. Esse cachorro, além de ser o menorzinho, é cego.

Eu fiquei passado. Quase ia roubando um cachorro cego!

Por essas e outras, tomo o maior cuidado quando me mandam fazer alguma coisa. Não dá para acreditar em tudo que a gente ouve.

Nisso minha mãe bateu na porta. Perguntei se ela estava sozinha e abri.

— Tarsila, pode descer. Eu falei com sua mãe. Está tudo bem.

Tarsila desceu de mãos dadas com minha mãe. Eu desci atrás. Mãe e filha se abraçaram comovidas. Dessa vez, a história teve um final feliz.

Depois que elas se foram, minha mãe comentou que achava um absurdo dona Carmem prender a filha daquele jeito.

— Tudo bem que moramos numa cidade perigosa, mas não podemos virar reféns da violência. Por falar em perigo, Fábio — ela disse mudando o tom da voz —, hoje à tarde eu vi você conversando com uns moleques de rua ali na esquina. Não quero saber desse tipo de amizade.

"Esse tipo de amizade"? Olha o jeito que minha mãe fala. Pelo visto, eu também teria problemas pela frente.

9
A visita

Depois que fiquei amiga da Tarsila e do Fábio, minha vida mudou tanto que até parece que sou outra pessoa. Quase todas as tardes, eles passam pelo nosso ponto. Primeiro, olham de longe para ver se tio Sandoval está por perto. Se não está, vêm me chamar. Muitas vezes, ficamos por ali mesmo, mas nos dias que sei que o tio só vai voltar no final da tarde, tomo coragem e saio com eles.

Foi assim que conheci a casa da Tarsila.

Por incrível que pareça, é uma casa maior do que a do Fábio, só que mais esquisita. Tem até guardas na porta, de uniforme azul-escuro, que não queriam me deixar entrar. Tarsila teve que me puxar pela mão e dizer que eu ia entrar sim, porque eu era amiga dela.

Ela falava como se fosse grande como eles, fiquei boba de ver! Fui atrás da Tarsila, que puxava minha mão bem forte, como se mandasse em mim também, enquanto um guarda pegou o interfone e ligou para alguém.

O Fábio, que vinha atrás, disse que não entendia por que todo mundo achava que eu tinha alguma coisa perigosa.

— Eeeeu? — perguntei, atabalhoada.

— Sim, você, Tatu. Os seguranças não querem deixar você entrar porque devem ter medo de alguma coisa. É puro preconceito.

Cada vez eu ficava mais confusa, porque é sempre assim quando estou com os dois. Metade do que eles falam, eu não entendo.

Não sei o que é preconceito[2], mas fingi que sabia porque, na verdade, estava mais interessada em olhar o jardim e o caminho cheio de pedrinhas brancas. Só que a Tarsila continuava me puxando tão rápido que eu nem conseguia olhar direito.

Nem entramos na casona, fomos direto para uma outra casa menor, perto da piscina. Tinha tanta coisa lá dentro que nem sei como descrever.

Aí a Tarsila contou que estava participando de um campeonato. Ela e as amigas da Suíça disputam para ver quem consegue mascar um chiclete por mais tempo. Até agora quem está ganhando é a Violet, aquela que é atriz de cinema e a Tá diz que é parecida comigo. A Violet conseguiu mascar o mesmo chiclete durante três meses. A Tá só conseguiu três dias.

O Fábio fez a maior careta.

— Eca, que nojo! Só mesmo uma menina pra participar de uma nojeira dessa.

Tarsila me perguntou:

— Quer participar também, Tatu?

— Querer eu quero, mas com que chiclete? — respondi. — Se fosse no tempo que eu vendia chiclete, eu podia dar um jeito.

— Com esse — E ela me deu um na hora. Disse que eu só podia tirar da boca para dormir e durante as refeições. E só parasse quando não aguentasse mais.

Estou mascando até agora.

---

2. Preconceito é um problemão. É quando a pessoa pensa ou tem uma atitude condicionada por sentimentos concebidos antecipadamente ou independentemente da experiência e da razão. Tem preconceitos de vários tipos e ataca quase todo mundo. Até parece o vírus da gripe. Só que é pior, porque quando alguém está gripado, reconhece que está gripado, mas no caso do preconceito, não: a pessoa sempre nega que tem.

Mas daí a Tá falou uma coisa que não achei legal: como eu agora conhecia a casa dela e a do Fábio, eles também queriam conhecer a minha.

Eu disse que de jeito nenhum, só se fosse de longe, porque eu não queria apanhar mais do que já estava apanhando. Toda tarde, quando saio com os dois, acabo chegando atrasada e tenho que inventar desculpas que nem sempre dão certo.

Meu pai anda desconfiado de que estou fazendo alguma coisa que, mesmo não sabendo o que é, ele sabe que não vai gostar. Começou a desconfiar porque eu como tanto na casa deles, tem sempre tanta comida, que chego em casa sem fome. Isso anda grilando meu pai. Antes eu vivia esfomeada, catando até as migalhas de sanduíche caídas no chão.

Se ele visse a Tuta, minha Barbie nova, desconfiaria ainda mais, por isso ela ficou morando na casa da madrinha. A Tarsila me deu a cabecinha linda de uma das Barbies dela que tinha perdido o corpo. A cabeça deu certinho no corpo da minha e ficou linda. Perguntei para a Tá que nome a gente daria e ela disse:

— Escolhe você. A boneca é sua.

Mas quando eu estava matutando para escolher entre os mil nomes que eu queria dar, ela falou:

— Peraí! Vamos fazer como fizeram com o seu nome? Quer dizer, juntar os nomes dos pais. No caso dela, os nomes das mães, que somos nós duas. Poderia ser, por exemplo, Tusila ou Silartu... ou Silarta. Não, nenhum desses é legal. Talvez melhor... Tuta, que tal? Tuta não é lindinho?

Eu achei. E o nome passou a ser esse: Tuta.

Morro de medo que um dia meu pai descubra que tenho novos amigos, e faço o possível para esse dia não chegar nunca. Era por isso que eu não queria, de jeito nenhum, que Tarsila e Fábio conhecessem minha casa. Mas eles insistiram tanto que tive que concordar. Combinamos que eles só iam ver minha casa de longe.

Expliquei bem explicado para a Tarsila e para o Fábio onde eu morava e disse que ficaria na porta com o Nelore e a Xuxu. Mas era para eles olharem de longe, e depois irem para a casa da madrinha, que lá, sim, eles podiam chegar e se apresentar. A madrinha ia adorar conhecê-los de tanto que eu falo dos dois.

No dia seguinte, no final da tarde, eles vieram.

Passaram, e me viram com meus irmãos na porta, olhando para o outro lado da rua, como se não conhecesse nenhum dos dois. Só que Tarsila nunca consegue fazer direito o que a gente combina. A gente combina uma coisa, mas parece que dá um troço nela e ela acaba fazendo outra.

Ela chegou perto de mim e fez gracinha para a Xuxu, que estava no meu colo:

— Que menininha linda! O que ela é sua? — perguntou fingindo não me conhecer, como se fosse uma atriz.

— É Xuxu, minha irmã — respondi, fingindo também. Apesar do medo, estava divertido.

E o Fábio virou para o Nelore:

— E você, também é irmão dela?

Nelore fez que sim com a cabeça.

— E seus pais, cadê eles?

Para que ele foi perguntar isso! Na mesma hora o Nelore gritou:

— Paiêêê!

E aí o pai veio e a brincadeira perdeu a graça porque eu fiquei muda. Mas o Fábio e a Tarsila não. Continuaram, como se não soubessem o tanto que o pai é bravo:

— Muito prazer — disse a Tarsila, toda educada, tentando ser simpática.

Ele olhou esquisito, achando muuuiito estranho aqueles meninos riquinhos ali na porta da nossa casa.

— Que que cês tão fazendo aqui? Perderam o caminho de casa?

— Não — disse o Fábio. — Viemos visitar dona Gisele.

— Ah, é?! Hum, hum. Cês conhecem ela de onde?

— Ela é manicure da minha mãe – Fábio, que é muito esperto, inventou essa rapidinho.

— Da minha também – disse Tarsila.

— Sei. – O pai tinha encostado na porta como gosta de encostar, o corpo apoiado em um pé e a mão apoiada na porta, fumando como sempre fuma, parece que passa o dia inteiro só fumando, e gritou para a mãe, que ainda estava lá dentro: – Luzilcide! Vem cá! Cê já viu esses meninos por aqui?

Minha mãe pôs a cara na porta e disse:

— Nunca vi, não! – E como se interessou pelo assunto, passou por baixo do braço do pai e saiu para a rua. – Quem são eles?

— Dizem que vieram visitar a Gisele.

— Mas a Gisele num tá em casa não. Ela saiu. Que que cês querem com ela?

— Minha mãe mandou um recado pra ela – disse o Fábio.

A essa altura, eu parecia uma estátua de pedra de tão quietinha, com a Xuxu no colo, olhando para o outro lado, fazendo de conta que era invisível, e morrendo de medo de alguma coisa ruim acontecer.

— Pode falar comigo que eu dou o recado quando ela chegar – minha mãe falou.

— Obrigado, mas tudo bem – Fábio respondeu. – Não é nada importante. Depois a gente volta. – Felizmente ele sentiu a barra e virou para a Tarsila: – Vamos embora, Tarsila?

Mas aí, ai meu Deus!, a Tarsila disse:

— Espera mais um pouco, Fábio. Quem sabe a Gisele chega.

— Se quiserem, podem esperar aqui na minha casa – disse a mãe.

Era justamente o que a Tarsila queria. Minha mãe mal acabou de falar e ela já cutucou o Fábio:

— Claro, muito obrigada. Aceitamos, sim, a gentileza – e sorriu aquele sorriso lindo dela, empurrando o Fábio para dentro.

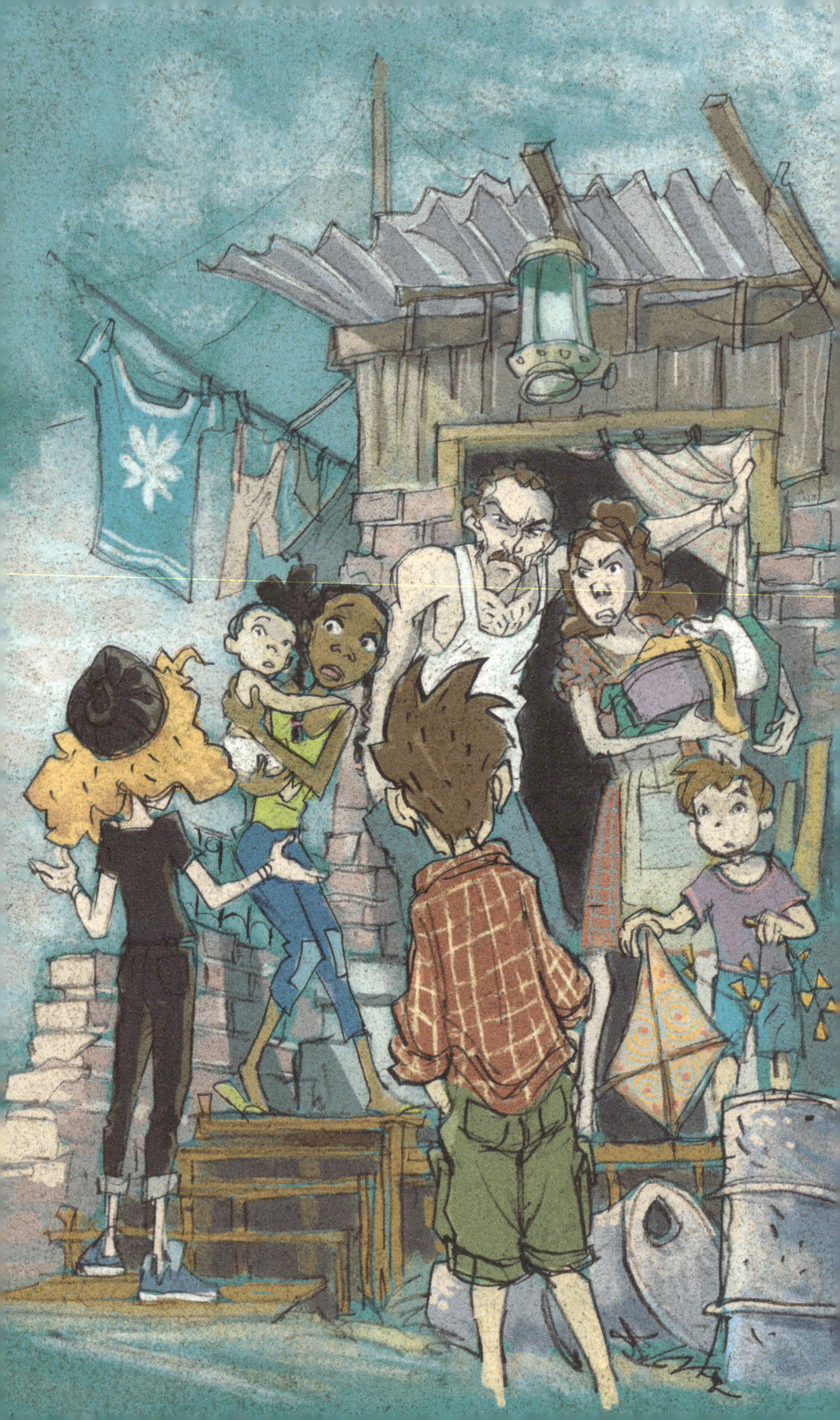

O pai mal teve tempo de sair do caminho para deixá-los passar.

Eu fiquei plantada onde estava, sem nem piscar. Xuxu começou a chorar, coitadinha, porque eu, de nervosa e sem me dar conta, estava apertando demais a mãozinha dela.

Os dois entraram na sala, que também é cozinha e de noite vira o quarto do pai e da mãe. Nelore foi atrás.

Acho que foi uma eternidade o tempo que fiquei ali, sem me mexer, apertando a coitadinha da Xuxu, até os dois saírem. Não sei o que eles fizeram lá dentro, o que inventaram para o pai e para a mãe. Nunca senti tanto medo.

Por sorte, os dois acabaram desistindo de esperar pela madrinha e saíram. Antes de ir embora, se despediram muito educadamente:

– Até logo, menina simpática!

Uuufaaa!! Respirei aliviada, como se tivessem tirado um saco de mil toneladas de cima de mim.

Mas depois fiquei pensando: por que tenho tanto medo dos meus pais? Uma filha não devia ter tanto medo assim, devia?

Não é esquisito isso?

Ah, sim: ainda estou mastigando o chiclete. Aprendi um truque que a Shirlene, que trabalha comigo na rua, me ensinou. De noite, enquanto durmo, tiro o chiclete da boca, enfio dentro de um copo com água e deixo escondido debaixo da cama. Aí ele não endurece.

Parte II
A TERRÍVEL DESCOBERTA

I
Unidade TFT

Voltei transtornada para casa. A favela é um lugar insalubre. Quando vivíamos na Suíça, mamãe falava muito da insalubridade do Brasil. Uma vez, chegou a dizer que era insalubérrimo. Eu achei tão linda aquela palavra. Era quase um título de nobreza: Felipe Insalubérrimo. Quando perguntei o significado, mamãe riu e disse que eu não poderia nem imaginar. Em todo caso, começou a descrever o que me pareceu como um dos andares invertidos do inferno: esgotos a céu aberto, moscas, lama, sucata, casas de papelão, barrancos. Ouvi aterrorizada e perguntei:

— Mas será que hoje em dia ainda é assim?

Mamãe respondeu que talvez as coisas tivessem melhorado. Eu percebi, no entanto, que era uma especulação. Ela pouco se importava se tinham melhorado ou não. Na Suíça não existe insalubridade. Insalubérrimo, muito menos.

Agora, minha melhor amiga mora na insalubridade e não tem nada de lindo nisso. Voltei para casa pensando em Ingvar, Agnes, Kajsa e Halsten. Se eu, que já conhecia a palavra, fiquei chocada, imagine eles? E a cabeça da Giselle, coitada. Deve estar em estado de choque, perguntando o que foi que ela fez para merecer esse destino. Perdeu o corpo e o luxo em que vivia. Pobre Giselle. Por essa ela não esperava...

Vou perguntar ao meu pai o que ele pretende fazer, caso seja eleito. Alguma coisa precisa ser feita. Também posso escrever para meus amigos suíços e dizer que precisamos de socorro internacional. Alguma coisa...

– Gostou do passeio, Tarsila? – Daiane perguntou ao me ver entrar.

– Que passeio?

– Seu passeio pela favela.

– Espera, aí! Você estava me seguindo?

– Desde que você deixou seu quarto.

– Você não tem o direito de me seguir! – protestei.

– Ordens superiores... – respondeu Daiane, e saiu rebolando de um jeito atrevido.

Corri atrás dela. Argh! Aquilo me deixou furiosa.

– Você vai contar, não vai?

– O que você acha? Óbvio que vou. Sou paga pra isso.

Agarrei-a pelo braço e implorei.

– Por favor, por tudo o que é mais sagrado, não conta.

Ela sorriu de um jeito enigmático e não disse nada. Talvez se eu tivesse chorado, mentido, ela cedesse.

– Hum... Sabe de uma coisa? Vou contar, sim.

Então ela disparou. Saiu correndo como numa prova olímpica.

Estou novamente entre os Fortuna. Pelo menos agora tenho meu QG, meu Quartel-General, o que de certa forma confirma que sou mesmo uma Fortuninha. Bem, pelo menos sou uma Fortuna honesta, o que já é uma evolução.

Nosso QG fica no quarto de depósito. É bem afastado da casa, no fundo do jardim. Depois da piscina e do vestiário. É aqui que mamãe guarda tudo o que é obsoleto: quadros que ela considera "impenduráveis", equipamento de esqui, malas, tapetes, uma coleção de estátuas de mármore, da época em que tinha mania de estátuas de ninfas e deuses gregos, vasos e mais vasos... A mistureba de objetos faz do QG um lugar confuso, como se fosse um lugar de sonho, ou de pesadelo. Acho que é por isso que sempre que a Tatu vem aqui, ela tem dificuldade em se concentrar nas nossas conversas.

— Aqui tem coisa demais — ela comentou um dia.

E tem mesmo. Mas o mais legal eles ainda não viram! Ficou pronto hoje: agora, na porta de entrada, encontra-se a seguinte placa: "Unidade TFT". Estou louca para ver a cara do Fábio e da Tatu quando virem a nossa marca. Mas espera um pouco. Estou parecendo a Tatu, quando ela se empolga. Antes de continuar, preciso contar sobre o que aconteceu depois que Daiane me denunciou.

Na verdade, não foi uma denúncia completa. Ela disse que eu havia saído de casa, mas não falou aonde eu tinha ido. Mesmo assim, me colocaram de castigo. Eu negociei, claro. Argumentei que, se eu não podia sair, então que meus amigos pudessem vir me visitar.

— Que amigos? — perguntou papai. — A gente mal chegou e você já tem amigos? Onde os conheceu?

— Internet...

— E quem são esses amigos?

— O Fábio e a Tatu.

— Tatu? — ele perguntou, achando o nome esquisito.

— Ela é francesa. Tatou.

— E esse Fábio?

— Fábio Strong Neto. Filho do famoso Fábio Strong, cineasta, e da Meire Regina, atriz.

Meu pai arregalou um olhão.

— Meire Regina? Aquela que fez o papel de Virgem Maria naquele filme a que assistimos na Suíça?

Apesar de papai detestar cinema brasileiro, tínhamos assistido a *Meu Natal brasileiro* em Zurique.

— Pois é — falei —, esse filme é do pai do Fábio. A Virgem Maria é a mãe dele e o Fábio foi o Menino Jesus. Então, eles podem vir aqui brincar comigo?

— Claro! Por que não?

— E eu posso ir na casa do Fábio, de vez em quando?
— Claro!
— E quando o Fábio me convidar para ir ao cinema, ou algum passeio, posso ir?
— Claro.
— E mesmo que seja para ir na casa da Tatou?
— Claro.
— E sobre as favelas brasileiras, o que o senhor vai fazer quando for eleito?
— Claro.
— Claro, o quê?
— O que o quê?
— Quais os seus planos para as favelas brasileiras?

Nesse ponto meu pai fez uma careta e enrugou a testa. Eu tomei um gole de água e continuei:

— É uma vergonha, o senhor não acha?

Ele fez que sim com a cabeça.

— E então? – insisti.

Mas ele não respondeu. Piscava e enrugava a testa sem parar. Entendi que favela não estava entre as suas preocupações e, pior, que ele não tinha resposta para minha pergunta.

Nessa hora, mamãe, que estava acompanhando nossa conversa, entregou um copo de uísque para papai e me mandou dormir. Deixei a sala sem a resposta que pedi, mas ganhei o direito de me encontrar com meus amigos. Quando dei boa-noite, nenhum dos dois respondeu.

Desde então, passo minhas tardes aqui no QG, organizando as coisas. Já montei uma sala de visitas com um sofá, duas poltronas e uma mesinha no centro. Encontrei também um fogareiro, onde faço chá. Estabeleci a rotina do chá das cinco. O Fábio foi contra, disse que era frescura demais para a cabeça dele, mas a Tatu amou. É tão bonitinho o jeito como ela imita meus movimentos durante o chá. É o único momento em que tira o chiclete da boca. Está levando o campeonato super a sério, e tem boas chances. Tatu é determinada. Mais determinada do que qualquer amiga que já tive. Às vezes, tenho a sensação de que ganhei uma boneca humana.

Hoje, depois que Fábio e Tatu foram embora, descobri que nosso QG não é tão seguro quanto eu imaginava. Explico. Eu os acompanhei até o portão. Fui na frente para ver se o caminho estava livre. Se encontro presenças estranhas, dou sinal para que eles esperem. Caso contrário, digo que podem seguir. Assim andamos pela casa, feito três invasores. Essa operação é essencial para camuflar a verdadeira identidade da Tatu. E tem funcionado! Aliás, estamos ficando cada vez melhores. Por conta desse procedimento, acabei deixando o QG destrancado. Foi um vacilo. Quando voltei, custei a acreditar no que encontrei: Tarso e Daiane aos beijos, no nosso sofá! Não resisti e comecei a cantarolar:

– Tão namorando! Tão namorando!

Tarso levantou como se tivesse levado um choque de duzentos volts, arrumou o cabelo que estava em pé, olhou para a Daiane, para mim e saiu correndo. Daiane só cruzou e descruzou as pernas. Continuou no sofá. Sua calma me desconcertou. Então ela se espreguiçou, pegou um dos biscoitinhos que eu tinha acabado de servir aos meus amigos e disse:

– Você não viu nada.

– Eu vi tudo.

– Não viu, não.

Eu me sentei igualzinho a ela, cruzei e descruzei as pernas e peguei um biscoitinho. Daiane continuou:

– Agora estamos quites. Você mantém sua boca fechada e eu não denuncio sua amiga favelada.

Que ódio! Eu sabia que tinha um motivo para ela não ter contado a verdade para o meu pai. Ela queria me manter refém! Em seguida, ela levantou, limpou os farelos da camiseta e se foi. Eu quis chamá-la de volta. Desgraçada!

Liguei para o Fábio e disse que precisava conversar com ele urgentemente, a sós. Meia hora depois ele apareceu aqui. Me ouviu sem interromper, sem fazer alarde, sem mudar a expressão, feito um pequeno adulto.

— Percebe o risco que estamos correndo? – perguntei. – Agora somos reféns da Daiane. Se meus pais descobrirem quem é a Tatu, fim do QG!!!

Fábio pediu que eu me acalmasse porque ele tinha uma coisa para me dizer. Foi aí que ele soltou a bomba:

— Eu desconfio que a Tatu é sequestrada.

— Como? Por que uma família pobre ia sequestrar uma criança mais pobre ainda? Isso não faz sentido, Fábio.

— Eu tenho uma teoria. Escute.

— Tá bom. Fala. Mas peraí! Se a Tatu é sequestrada, vamos avisar a polícia, assim ela deixa a família impostora e sai da favela. Com isso, a gente acaba com a alegria da Daiane!

— Dá pra escutar, Tarsila? Eu tenho um plano.

2
A óbvia suspeita

Por incrível que pareça, eu que sempre me achei um menino completamente sem talento para coisa alguma, acabei virando líder da primeira missão da TFT: desvendar o mistério de Tatu, a filha negra de pais brancos.

Que ela não era filha daquele casal, estava na cara. Não precisava ser nenhum Sherlock Holmes para descobrir o óbvio. Mas além da provável falsa paternidade, o que mais me enfurecia era a forma como o falso pai tratava a falsa filha. Tatu vivia com manchas roxas nos braços e pernas. Quando perguntávamos, ela respondia como se fosse a coisa mais natural: "Ontem meu pai me bateu com um fio". "Ontem meu pai me deu uma tamancada na cabeça." Estava tão acostumada que nem se importava. "Não foi nada, já passou." Para completar, quando perguntei onde estava o chiclete asqueroso do tal campeonato que ela e Tarsila estavam fazendo, ela falou: "Ah, deixa pra lá. Meu pai arrancou da minha boca e jogou fora. Não estou mais na competição". Poxa, até isso o pai faz com ela?, pensei. Comentando depois o fato com a Tarsila, ela falou uma coisa que achei muito razoável:

— Finalmente ele agiu como um pai de verdade. Meu pai também detesta esse campeonato. Todo pai detesta...

Tudo bem, isso é coisa de pai. Mas bater em criança é inaceitável, além de ser proibidíssimo pelo Estatuto da Criança e do Adolescente. Eu conheço bem esse assunto porque minha avó fez parte da equipe que escreveu o Estatuto, em 1990, e me obrigou a lê-lo de cabo a rabo. Eu achei uma chatice, mas hoje percebo que foi útil, pois ao ver as coisas que a Tatu passa eu logo me lembrei de que nenhuma criança pode sofrer negligência, discriminação, exploração, violência, crueldade e opressão. Ufa!

Se eu falasse com a vó Queridinha, ela ia querer levar a Tatu para um abrigo de crianças carentes. De que adiantava tirar a pobrezinha dos pais e mandá-la para um lugar onde ela não conhecia ninguém?

Tarsila me deu razão e sugeriu:

— Eu proponho sequestrar a sequestrada e escondê-la num lugar seguro.

— Nada disso. Temos que agir na legalidade.

— Meus pais sempre dizem que essa história de legalidade é relativa.

Tarsila é uma menina bacana, mas, quando o sangue fala mais alto, ela fica insuportável. Não é fácil lutar contra o DNA dos Fortuna. Tentei ordenar os próximos passos:

— A primeira coisa a fazer é descobrir onde e quando a Tatu nasceu.

No dia seguinte, assim que Tatu chegou ao QG, Tarsila perguntou:

— Meu amor, onde você nasceu?

Ela não sabia.

— Em que dia você nasceu?

Tatu não fazia a menor ideia.

— Ela não sabe o dia em que nasceu! — Tarsila ficou histérica e resolveu formular a pergunta de outro jeito. — Que dia é o seu aniversário?

— Eu não faço aniversário.

— Como assim, não faz aniversário? Todo mundo faz aniversário. Por acaso você é um ser de outro planeta? Seus irmãos não fazem aniversário?

– Meus irmãos fazem. No aniversário deles sempre tem bolo e guaraná, mas no meu não tem nada.

– Eu não estou falando da festa de aniversário. Estou falando do dia do aniversário! – Tarsila estava a um passo do descontrole total.

Achei melhor parar a investigação por ali. A Tatu, além de ser um pouco mais nova que a gente, tinha uma vida muito diferente da nossa: sem aniversário, sem festa de aniversário, sem praticamente nada. E isso a Tarsila parecia não entender.

Depois que ela foi embora, reajustamos o plano.

– Já que ela não sabe quando nasceu, precisamos ver a certidão de nascimento dela.

– Como? Esqueceu que os pais da Tatu nos conhecem? Não vamos conseguir enganá-los pela segunda vez. Temos que mandar alguém até a casa deles.

Nesse momento, Daiane entrou no QG. Ela é paga para espionar a Tarsila. Aonde a Tarsila vai, ela vai atrás. Foi então que eu tive uma ideia:

– Se você não consegue enfrentar seus inimigos, alie-se a eles.

Tarsila entendeu o recado. No mesmo instante, virou-se para Daiane e perguntou com a cara mais inocente do mundo:

– Você me faria um favor?

Daiane ouviu tudo com a maior atenção e, no final, fez uma única pergunta:

– Quanto eu ganho pra fazer o serviço?

Suborno. Na cara dura. Tarsila foi rápida no gatilho:

– Eu te dou aquele vestido amarelo da minha mãe, que você adora.

– O de alcinha?

– Esse mesmo.

– Cê tá falando sério?

– Claro que estou. Basta você fazer tudo o que o Fábio falar, do jeitinho que ele explicar.

— Quando ganho o vestido?
— Depois que fizer o serviço.
Ela pegou um caderno, uma caneta e foi para a favela. Tatu levou um susto ao ver Daiane chegando na sua casa. Pobrezinha. Não deu tempo de avisá-la sobre o plano. Felizmente, Daiane é chata mas não é burra. Fingiu que não conhecia a Tatu.
— Boa tarde, sua mãe está em casa?
Tatu arregalou os olhões sem entender o que estava se passando e foi chamar a mãe.
— Eu sou assistente social, trabalho no posto de saúde aqui do bairro e queria fazer umas perguntas pra senhora.
— Pra mim? Pois não!
— Quantos filhos a senhora tem?
— Ddd... Três.
— Preciso da data de nascimento deles.
Ela dizia e Daiane anotava. O nome da Tatu era Josicleide Damásio, nascida aos 9 de setembro de 1998. Mas faltava o principal:
— Eu gostaria de ver a certidão de nascimento e a carteira de vacinação das crianças.
— Pois não.
A mulher entrou na casa e voltou com um monte de papel que passou às mãos da "assistente social". Daiane conferiu tudo atentamente e perguntou:
— E os documentos da Josicleide, onde estão?
— Ah... ela não foi registrada. Quando nasceu, meu marido não tinha dinheiro pro registro, o tempo foi passando...
— Ela nasceu aqui em São Paulo?
— Nasceu, sim senhora.
— Em que hospital?
— Na Maternidade do Menino Deus.
Era tudo de que precisávamos. Ela fechou o caderno, despediu-se da mãe de Tatu e ainda lhe deu uma lição de moral:

– A senhora precisa providenciar a certidão dessa menina. Hoje em dia é crime deixar filho sem registro. E não paga nada pra registrar.

– Pode deixar.

Em menos de uma hora, Daiane estava de volta ao QG.

– Pronto, tá tudo aqui.

Eu e Tarsila avançamos sobre o caderno, mas ela deu um salto fenomenal e o arrancou de nossas mãos.

– Antes, o vestido. Trato é trato.

Tarsila foi lá dentro e voltou com uma sacola. Dentro, um vestido longo, amarelo-ouro, todo bordado. Não sei como alguém podia usar uma cafonice daquelas. Daiane pegou o vestido e começou a dançar no meio do QG. Aí foi minha vez de falar grosso:

– Agora, o caderno.

Ela jogou o caderno sobre a mesa e saiu correndo. Lá de longe, gritou:

– Se precisarem de mim para mais alguma coisa, estou às ordens.

3
Um plano louco

Hoje aconteceu uma coisa que me deixou transtornada. É absurdo. Impossível. Mas e se não for? Se for verdade o que Fábio e Tarsila estão pensando? Nem dou conta de pensar direito. Eles só podem ser birutas. Mas, e se não forem?

Eu andava achando meio esquisito. Depois daquele dia que eles foram lá em casa, e depois que a Daiane também apareceu por lá, os dois começaram a me fazer várias perguntas e me olhar de um jeito estranho. Queriam saber onde eu nasci, em que dia, de onde eram meus pais, se eles sempre moraram aqui e mais um monte de coisas.

Eu achei que essa perguntação toda era coisa de menino rico. Pensei até que era por causa dessa história de me acharem perigosa. Estava começando a ficar com medo, um medo gelado: que eles não quisessem mais ser meus amigos. Hoje, quando eles passaram pelo meu "ponto" e me chamaram, dei um jeito de escapar e fomos para a casa da Tarsila. Tio Sandoval estava no bar comemorando porque de manhã uma senhora, cheia de pulseiras e anéis de ouro, tinha me dado de uma vez a féria esperada para o dia todo. Quando chegamos ao QG, Tarsila, toda séria, me fez sentar numa cadeira e Fábio, mais sério ainda, começou a falar:

— Tatu, nós estamos desconfiados de uma coisa.

— Que coisa? Vocês estão com uma cara tão séria que estou ficando com medo.

— Nós temos uma coisa muito séria pra te falar, Tatu. E é preciso que você nos escute com seriedade. Está pronta?

— Pronta pra quê?

— Pra escutar o que vamos te dizer, Tatu.

— Pode falar – eu disse, pronta para chorar, gelada de medo. E se eles dissessem o que eu mais temia? Que não queriam mais ser meus amigos? Fábio continuou:

— Estamos desconfiados de uma coisa.

— Que coisa?

— Tatu, presta atenção. Você já pensou por que você é negra e seus pais e seus irmãos não são?

— Não.

— Não o quê?

— Não pensei. Nunca pensei nisso. Por quê?

— Você já reparou que não se parece com nenhum deles?

— Isso eu já reparei. Não pareço mesmo.

— E nunca se perguntou por quê?

— Não. É porque eu sou feia? – Nessa hora quase não segurei o choro. Eu não sabia que eles me achavam tão feia assim. E eu pensando que poderíamos ser amigos!

— Não é nada disso, Tatu. Não é de beleza que estamos falando – disse Tarsila, daquele jeito meio irritado que ela fica às vezes. Não só comigo, com o Fábio também. Aí se virou para ele e ordenou: – Fala logo, Fábio, senão eu falo.

— Tatu, é assim. Eu e a Tá estamos achando que você não é filha dos seus pais.

Nessa hora eu senti outro tipo de frio, um frio que não era gelado nem ruim. Era um frio que era um friozinho só, não exatamente ruim nem bom. Como se uma coisa que eu soubesse a vida inteira, no fundo de mim mesma, estivesse subindo para a minha cabeça e para os meus olhos e eu estivesse vendo tudo bem claro à minha frente.

— Como assim? – perguntei, para ganhar uns segundos, para que aquela coisa tanto tempo lá no fundo não se revelasse toda de uma vez, mas fosse se abrindo aos pouquinhos e eu tivesse um respiro para entender aquilo que eu já sabia. A coisa mais importante de toda a minha vida. – Como assim? – perguntei de novo. Minha mão, geladinha, parecia um picolé.

Tarsila disse o que eu estava sentindo:

– Nossa! Sua mão tá parecendo um picolé, tadinha!

Fábio continuou.

– Além de seus pais não se parecerem em nada com você, Tatu, eles te tratam de um jeito completamente diferente. Eles são ruins pra você e bonzinhos com os seus irmãos. Por tudo isso, eu e a Tarsila chegamos a uma conclusão: você deve ter sido sequestrada.

– Se... que... que... quê?

– Sequestrada. Raptada. Sabe como é?

– Sei, mas eu não. Nunca fui, não. De jeito nenhum.

– Você se lembra de quando nasceu? – Tarsila perguntou, nervosa porque eu estava nervosa e minha mão agora na mão dela estava toda tremelicando. – Para de tremelicar, Tatu. Não fica assim... Tadinha! – Ela não parava de falar tadinha!

– Claro que ela não se lembra, sua tola – Fábio falou. – Ninguém se lembra de quando nasceu. Muito menos quem foi sequestrada.

– Por que muito menos quem foi sequestrada? – perguntou Tarsila se virando para o Fábio, nada contente de ter sido chamada de tola. – Tanto faz, sequestrada ou não, toda criança nasce do mesmo jeito. E depois, quando perguntei se ela se lembrava de quando nasceu, era só uma maneira de falar – Tarsila falou, irritada. – É como perguntar qual a primeira lembrança que ela tem. – Em seguida, me olhou: – Tatuzinha, qual é a primeira coisa que você se lembra da sua vida?

Eu estava cada vez mais zonza. Não me lembrava de nada. Só queria que eles continuassem falando sobre aquela coisa enorme que eu sempre soube sem saber e agora tinha medo de saber e, mesmo assim, queria ficar sabendo por inteiro.

Que meus pais não eram meus pais.

E então eles continuaram falando. Falaram um tempão. Falaram que isso acontecia muito no Brasil, que bebezinhos eram roubados todos os dias nos hospitais, que eles tinham escutado muitas notícias sobre isso, e que sempre alguma coisa os filhos têm dos pais, alguma parecença, nem que seja, por exemplo, o formato das mãos – a Tarsila disse. Foi por isso que ela fez questão de reparar nas mãos do pai e da mãe e constatou, "tadinha!", que eu não tinha parecença nenhuma com eles. Não era só pela questão da cor. Se fosse só isso, tudo bem. Tem gente, o Fábio explicou, que tem filhos de outra cor, mas sempre tem algo parecido: os olhos, o nariz, alguma coisa. E eu não tinha nada parecido com os meus, "tadinha!". Falaram, falaram e eu ali, cada vez mais zonza.

Era como se um peso que de tão grande fosse quase insuportável estivesse sendo tirado de mim, e em seu lugar entrava uma coisa que eu não sabia definir.

Tinha um lado horrível: o lado que fazia Tarsila ficar dizendo "tadinha!". Meus pais não eram meus pais. Meus irmãos não eram meus irmãos. Quem era eu, então, que de repente perdia o pouco que possuía?

Mas havia um outro lado, o bom, o mais importante: se o pai e a mãe não eram meus pais, devia ser por isso que não gostavam de mim. E se não eram meus pais, isso queria dizer que eu deveria ter outros pais, os verdadeiros, que, esses sim, gostariam de mim!

Estava tudo confuso na minha cabeça, e eu não sabia se ficava mais triste ou se ficava mais feliz.

Tarsila e Fábio esperaram um pouco, mas logo continuaram e contaram a melhor parte. Muito animados, me disseram que já tinham até bolado um plano para achar meus pais verdadeiros!

Então, eu não estava tão perdida assim. Eles tinham um plano! Eles iam me ajudar! Eles achavam que podiam encontrar meus pais verdadeiros. Mas me disseram que só iam contar o plano mais tarde, quando eu ficasse menos transtornada.

– Tadinha! A mão dela continua toda tremeliquente! – Tarsila falou.

Quando saí de lá, era como se eu estivesse em outro mundo. Nem sei como cheguei em casa. Nem sei como estou aqui, agora, deitada.

Minha cabeça parece uma bola humana rodando.

Às vezes, ela me diz que não tenho mais família, que meus queridos irmãozinhos não são meus irmãos de verdade, e sinto uma pontada gelada no peito.

Mas logo ela me diz também que só uma coisa importa: eu tenho um pai e uma mãe verdadeiros em algum lugar. E Tarsila e Fábio têm um plano para encontrá-los.

Aí meu peito sente um calor tão gostoso como nunca senti antes.

É só isso que importa agora!

Só isso!

4
Tarsila manda notícias

Olá Ingvar, Agnes, Kajsa e Halsten!

Mando esse e-mail coletivo porque o que tenho para contar vale para todo mundo. Quando digo todo mundo, não quero dizer só vocês quatro, mas o mundo inteiro, mesmo. Estou aqui há um mês e parece um ano. Nesse tempo aconteceu tanta coisa que nem sei por onde começar.

Bem, descobri que minha família é conhecida nacionalmente. Sou neta de um ditador reacionário corrupto. Esquisito contar uma coisa dessas assim, sem mais nem menos. Explico. Durante anos – aliás, durante minha vida inteira –, meus pais falavam do meu avô como um homem importante na política brasileira, que colocou ordem no país. Mas só agora, conversando com pessoas de fora da família, descobri que ele foi um ditador, mandou gente para a cadeia, torturou, assassinou, acabou com direitos e liberdades civis.

Um típico ditador de país sul-americano, igualzinho àqueles que a gente estudava na escola. Vai ver, vocês já sabiam de tudo isso. Vai ver, só eu vivia às cegas. Seus pais já deviam saber e contaram para vocês. Vocês sabiam? Por favor, podem dizer a verdade. Claro que não acho bonito ser neta de um homem assim, mas pior do que isso é o que estou descobrindo sobre meu próprio pai! Ele aparece quase diariamente nos jornais. É um corrupto. Eu não entendo muito bem o que ele fez, nem quando, nem o rolo em que está metido. Ninguém explica. Só sei que sempre tem um bando de jornalistas fazendo plantão na porta de casa, perguntando as mesmas coisas, que nunca são respondidas. Papai anda com seguranças para todo lado. Por mais que eu exija uma explicação, tudo o que ouço é que isso não é assunto para criança. Eu sei por que dizem isso. As crianças têm princípios de justiça e honestidade. Não existe criança corrupta. Por isso eles escondem tudo de mim. Não porque não entendo, mas porque entendo até demais. Tudo o que eu descubro sobre minha própria família é por meio de contatos externos, ou por acaso.

Minha última grande descoberta é sobre Tarso. Ele está namorando escondido com a Daiane. Vocês a conheceram. Pois bem, a Daiane agora é assistente pessoal da minha mãe. Uma mistura de secretária com camareira e agente secreta. Ela vive me seguindo por todo lugar e depois faz chantagem, na cara dura.

Apesar do rígido esquema de segurança, consigo escapar e me encontrar com meus dois novos amigos. Às vezes, eles vêm aqui e nós ficamos no QG, igualzinho ao que tínhamos aí, no sótão do Halsten. O daqui se chama TFT, que são nossas iniciais. "T" de Tarsila, "F" de Fábio e "T" de Tatu. O Fábio tem a minha idade e é filho de artistas. O pai é cineasta; a mãe, atriz. Ele é meio medroso, mas muito legal. Às vezes eu acho o Fábio um peixe fora d'água. Ele faz coisas que as crianças daqui não costumam fazer. Quanto à Tatu, quer dizer… Tatu é apelido, o nome verdadeiro é Josicleide. Nada bonito, não é? Nem em português, podem acreditar. Eu e o Fábio a conhecemos ao mesmo tempo, no meio da rua. Ela trabalha numa esquina.

Tatu vive de esmola. Ela fica no semáforo fazendo malabarismo. Os carros param no sinal vermelho e ela corre para a frente deles e faz vários números. Parece feita de borracha. Faltando alguns segundos para o sinal ficar verde, ela passa pegando as contribuições. Com o dinheiro que consegue, sustenta a casa. É trabalho mesmo. Tudo o que ela ganha vai direto para o bolso do pai. Em outras palavras: exploração infantil. Não existe nada parecido aí em Zurique.

O Fábio fica possesso com esse tipo de coisa. Quando nos conhecemos, ele convidou Tatu e eu para tomarmos o café da manhã na casa dele. Foi um choque: Tatu, uma favelada, e eu, neta de ditador. Chegou a ser engraçado. Os brasileiros têm um preconceito terrível em relação aos pobres. A mãe do Fábio chegou a dizer que não quer vê-lo andando com a Tatu. E olha que Meire Regina é considerada uma pessoa liberal! Aqui, pobre é sinônimo de criminoso. Se na casa do Fábio a Tatu é malvista, aqui então... Ela tem que entrar escondida. Se mamãe cruzar com ela, acho que é capaz de chamar a polícia.

Se vocês estão achando muita coisa para um mês, aguardem... O mais incrível ainda está por vir!

Fábio acaba de fazer uma descoberta, quer dizer, de levantar uma suspeita que, ao que tudo indica, tem fundamento. Tatu não é filha do casal que diz ser seus pais. Ela é negra e eles não. Fora isso, ela não se parece em nada com eles, nem nariz, nem olhos, nem formato da mão. Nada. Ela tem dois irmãos mais novos. Esses irmãos, sim, têm cara de filhos legítimos: são bem parecidos com os pais. Mas a Tatu, nem com a maior boa vontade. E tem mais um detalhe: os irmãos dela não trabalham. Ficam em casa. Só ela vai para a rua. E também não apanham. Ela, coitada, vive apanhando do pai, que a chama de Bacalhau Preto. Pode um negócio desse?

Vocês devem estar a ponto de fazer uma denúncia à ONU. Por favor, não façam isso. Não encaminhem este e-mail para nenhum órgão internacional. Fábio e eu já estamos trabalhando no caso. Nosso próximo passo é ir ao hospital onde Tatu nasceu e levantarmos mais dados sobre seu nascimento. Suspeitamos que ela tenha sido sequestrada.

Enquanto isso, meu pai prepara sua campanha política. Ele vai concorrer ao Senado. Eu tenho perguntado para ele quais são suas propostas para o problema da pobreza no país. Ele nunca responde. Ele não tem proposta alguma, o que me deixa duplamente revoltada: primeiro, por viver numa sociedade tão injusta; segundo, por pertencer a uma família que tem sua parcela de culpa nessa situação. Eu me pergunto o que posso fazer, sendo apenas uma criança. A resposta é: tomar ações práticas. A primeira causa da TFT vai ser desvendar o mistério da paternidade da Tatu.

Outro dia, nós três estávamos na biblioteca da casa do Fábio, folheando livros sobre direitos humanos, quando o tio do Fábio (que é roteirista de cinema) apareceu e começou a falar que não queria mais saber de cinema, que estava cansado de diretores alucinados e que ia começar a trabalhar com teatro. Essa sim, a verdadeira arte. Nessa hora a Tatu falou:

"A madrinha vive dizendo que cinema é a coisa mais linda do mundo, que não tem nada igual. Eu não sei, porque nunca fui, mas ela disse que parece televisão, só que mil vezes maior, que a gente quase entra no filme."

Nessa hora, tio Otávio fez uma cara que parecia que ia ter um colapso.

"O quê? Você nunca foi ao cinema? Vamos resolver isso agora mesmo!"

Ele abriu o jornal e começou a ver os filmes e os horários. "Não temos um minuto a perder."

Tatu quase morreu de felicidade, e nós também. Ele foi tão bacana com a gente, que deu até vontade de contar tudo para ele, falar sobre nossa investigação, nossas descobertas, o TFT, mas tínhamos combinado manter segredo absoluto. Ninguém pode saber por enquanto. Quando se trata de uma investigação tão séria, não dá para confiar em adultos, nem mesmo no tio Otávio.

Ufa! Este e-mail acabou virando um relatório policial! Paro por aqui. Prometo mantê-los informados. Mandem notícias.

Muitas saudades,
Tarsila.

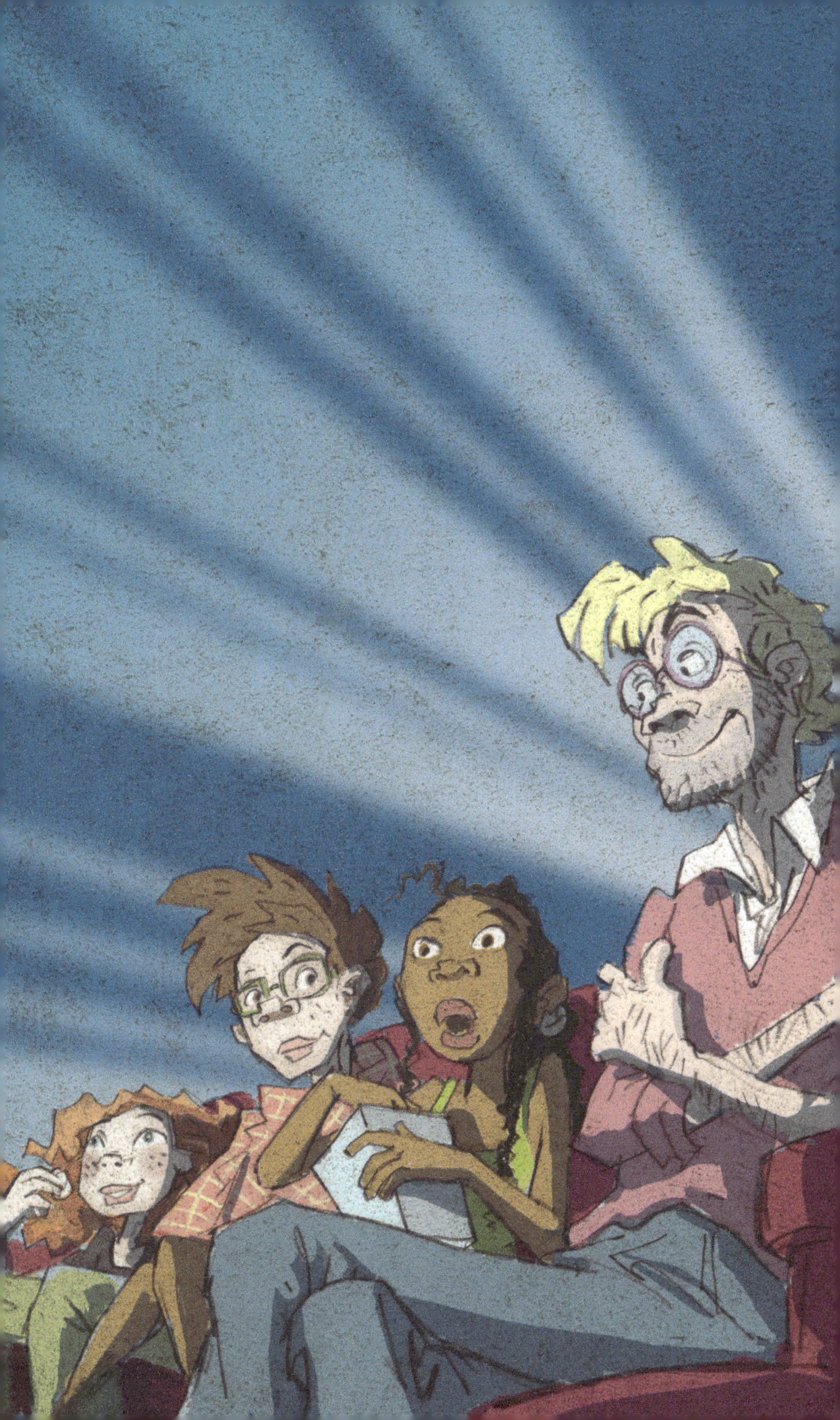

5
O primeiro passo

Hoje, quando acordei, lembrei de um sonho que tive. Um sonho para lá de esquisito. Eu estava indo por um caminho que, no começo, era a rua da casa da Tarsila, mas depois virou uma estrada cheia de árvores imensas. Minha mãe vinha comigo, mas de repente ficou para trás, interessada em outra coisa. Aí era meu pai quem estava do meu lado, mas ele também desapareceu. Eu me senti muito sozinho naquela estrada e me deu vontade de bater em todo mundo. Como não tinha ninguém para bater, comecei a dar murros no tronco das árvores. Acordei exausto, querendo contar o sonho para alguém. Minha mãe estava dormindo. É sempre assim: quando quero conversar, ela não está, ou está dormindo ou conversando com as amigas. Meu pai, então, é quase invisível. De manhã faz academia, à tarde está trabalhando, ou viajando, ou trancado na biblioteca. E mesmo minha avó, que é quem mais fica comigo, também é ocupadíssima e vive viajando. Vesti uma roupa e fui para a casa da Tarsila. Quem sabe ela me escutaria. Quando estava na porta, encontrei tio Otávio chegando de uma de "suas noitadas". Ele adora uma balada e pelo menos uma vez por semana chega de manhãzinha. Isso quando não passa dias sem aparecer.

– Que cara é essa? – ele me perguntou, notando que tinha algo estranho comigo.

Como não estava a fim de papo, nem respondi. Mas ele estava, e me chamou para tomar café com ele na cozinha.

— Cadê suas amigas? Elas não têm vindo mais aqui?
— Só de vez em quando.
— Sabe que eu acho a menorzinha uma gracinha? Apesar da vida que leva, pedindo esmola no farol, ela tem um jeitinho tão doce, alegre.

Tive vontade de contar para ele nossas suspeitas sobre a Tatu. Tio Otávio é legal, talvez pudesse nos ajudar. Mas meu mau humor não permitiu. Só expliquei que a Tatu não pedia esmola.

— Ela faz malabarismo.

Aí foi a vez da Vanda, que estava prestando atenção na conversa, meter a colher:

— A menina pode ser muito boazinha, mas os pais dela... Têm cara de malvados, eu vejo quando passo por lá.

Tio Otávio lhe deu uma dura:

— Quem diria, dona Vanda, toda cheia de preconceito! Só porque eles moram na favela? Até parece que você também não vive lá.

Aquela conversa estava me chateando ainda mais. Resolvi dar o fora. Brinquei um pouco com o Rex e com a Pulga no jardim, eles sempre me ajudam quando estou de baixo-astral, e fui para a casa da Tá. Precisávamos colocar nosso plano em ação.

Fui recebido por Tarso Fortuna em pessoa, de farda e tudo. Tio Otávio adoraria a cena. Ele me estendeu a mão com pose de general:

— Você deve ser o neto do Fábio Strong.
— Sou, sim senhor. E o senhor deve ser o filho daquele ditador maluco que expulsou meu avô do Brasil — eu ia dizer isso, mas achei melhor calar minha boca. Onde tem farda, tem arma. Vai que o maluco me dá um tiro.

Por sorte, Tarsila apareceu e me arrastou para o jardim.

— Você não vai tomar café? — o pai perguntou.
— Depois — ela respondeu, me empurrando para dentro do QG.

Tentei contar para ela o sonho que tivera, mas Tarsila não me pareceu nem um pouco interessada. Estava de olho grudado no portão.

— Marquei com a Tatu às dez em ponto. Já já ela chega.

Desisti de tentar conversar qualquer outra coisa que não fosse o bendito plano. Assim que Tatu chegou, expliquei quais seriam os próximos passos:

— A primeira coisa a fazer é irmos à Maternidade do Menino Deus. Eu sei onde é. É um hospital pequeno, aqui perto, que só atende mulheres carentes. Uma vez uma empregada lá de casa ficou grávida e teve nenê nessa maternidade.

— Eu também sei onde é. A Xuxu nasceu lá – disse Tatu.

Neste momento dona Carmem entrou no QG com uma superbandeja de café da manhã. Tatu voou para trás do sofá.

— Pensou que fosse escapar, não é, mocinha?

Aproveitando a ocasião, Tarsila se pendurou no pescoço da mãe e falou, toda melada:

— Mami, o Fábio me convidou para assistir um filme na casa dele, um filme maravilhoso pra criança da nossa idade. Posso ir?

— Tudo bem. Hoje abro uma exceção. Mas o castigo continua. E trate de se alimentar, senão nada de cinema.

Como eu já tinha tomado café, comi pouco. Na verdade, eu estava ansioso para ir logo ao "cinema" que a Tarsila tinha inventado. Como elas não paravam de comer, dei voz de comando:

— Acabem logo com isso e vamos embora.

— Falta a *bavaroise* de chocolate! – disse Tarsila.

— A Tatu está correndo risco de vida e você tem coragem de pensar em *bavaroise*? – gritei enfurecido.

— Calma lá! – ela disse empinando o nariz. – A Tatu não está correndo risco de vida nenhum. Deixa de exagero. E não é uma *bavaroise* de chocolate que vai atrasar nosso plano. Faça o favor de sentar e esperar. Concorda, Tatu?

Claro que a Tatu concordou. Sentei e esperei as madames comerem. Só de raiva, disse que detestava *bavaroise*.

Quando chegamos na maternidade, pedi para falar com a pessoa responsável pelo estabelecimento. Logo apareceu uma freira gordinha e muito simpática.

— Olá, crianças. Eu sou a Irmã Aparecida. O que vocês desejam?

— Boa tarde, Irmã. Meu nome é Fábio Strong, essa é a Tarsila e essa, a Tatu. Elas são minhas amigas. Nós precisamos falar em particular com a senhora.

A freira nos levou para uma salinha e ouviu em silêncio a estranha história que lhe contamos. Em seguida, abriu um armário e tirou de lá um livro imenso onde se lia: 1998. Colocou-o sobre a mesa e, com os óculos na ponta do nariz, foi folheando até chegar no dia 9 de setembro.

— Como é mesmo o seu nome, querida? — perguntou para Tatu.

Olhou linha por linha, procurou uns dias para a frente, para trás e nada.

— Não existe registro do nascimento de nenhuma Josicleide.

— Quantas crianças nasceram no dia 9? — perguntei.

— Cinco.

— Quantas negras? — perguntou Tarsila.

— Três.

— A Tatu era uma dessas, com certeza.

— E aí não tem nenhuma anotação sobre o desaparecimento de um dos recém-nascidos nesse dia? — perguntei.

— Nadica de nada. Só o nome dos bebês e das mães. Como eu não trabalhava aqui nessa época, não posso esclarecer nada. Mas prometo investigar. Voltem amanhã, nesse mesmo horário. Quem sabe eu tenha alguma notícia sobre o sequestro.

Fazendo o balanço desse primeiro dia de investigação, vejo que o saldo foi muito positivo. Para não dizer um sucesso!

Só me arrependo de ter dito que detestava *bavaroise* e ter deixado aquela estonteante maravilha de chocolate para elas. É o meu doce preferido. Eu sou uma anta.

6
Teefetê

O Fábio deve ser o menino mais inteligente do mundo. Eu ainda não tinha entendido o que era TFT nem esse tal de QG da casa da Tarsila. Ele me explicou direitinho:

— TFT é a sigla do nosso grupo, Tatu. Sigla é um nome formado com iniciais. No caso, as iniciais dos nossos nomes: Tarsila, Fábio e Tatu.

Teefetê — e o segundo T, então, é meu!

Fiquei louca para contar tudo isso para a madrinha, e falar mil vezes da maternidade, e das três crianças negras que nasceram no mesmo dia e que uma delas, portanto, só podia ser eu, e falar da Irmã Aparecida, e como íamos descobrir meus pais verdadeiros e tudo. Mas não podia. O Fábio falou que não podíamos contar nada para absolutamente ninguém sobre a Teefetê, que era um segredo de estado.[3]

— Segredo de estado é o que mais tem aqui em casa — a Tarsila disse. — Já estou acostumada.

Só contei a parte do QG para a madrinha. Mas, antes, eu já tinha contado do tio Otávio e da nossa ida ao cinema. Falei com todos os detalhes como tinham sido o filme e a pipoca e a Coca-Cola e as brincadeiras e tudo o mais. Quando me dei conta, estava dizendo para ela que tinha adorado o filme, sim,

---

3. Segredo de estado é um tipo de segredo secretíssimo que só os governantes sabem.

mas parecia que mais do que do filme eu tinha gostado era do tio Otávio. Nunca, a não ser ela, a madrinha, nenhum adulto tinha me tratado assim. Até parei um pouquinho de falar para pensar no que tinha acabado de dizer. Mas continuei, voltando a me lembrar do que a Tarsila tinha dito.

— Madrinha, a Tarsila disse que está acostumada com segredo de estado.

A madrinha me olhou com cara de ponto de interrogação.

— Como assim, queridinha?

— Eu não sei o que é segredo de estado, mas acho que é coisa do pai dela.

— Hum, hum — fez a madrinha, como faz sempre que fica esperando eu terminar alguma coisa que estou contando.

Contei como o pai da Tarsila é esquisito. Uma vez eu vi o pai dela, mas ele nunca me viu. Às vezes, a Tarsila e o Fábio ficam jogando *videogame* no QG, que eu não sei jogar direito. Eles me ensinaram, mas não sou boa nisso. A Tarsila diz que é porque não aprendi na hora certa, mas, com um pouco de prática, vou ficar craque. Pode ser, mas não gosto muito. Então, muitas vezes, eles ficam lá jogando e eu fico brincando com outras coisas.

Foi numa dessas tardes, por exemplo, que eu estava mexendo nas coisas e, sem perceber, acabei saindo do QG e entrando na casona. Quando percebi, estava atrás da cortina de uma sala enorme.

Tarsila já tinha me falado mil vezes que o pai dela não podia me ver de jeito nenhum. Ele me expulsaria na hora e não me deixaria voltar nunca mais.

Quando percebi onde estava, me assustei, e fui me esgueirando de mansinho, tentando voltar para o nosso único local permitido. Só que, numa casa daquele tamanho e cheia de milhares de móveis e badulaques e cortinas e tapetes e milhares de outras coisas que eu nunca vi antes, é fácil se perder.

Quanto mais eu me esforçava para achar o caminho de volta, mais me perdia.

Até que, de repente, eu estava atrás do sofá de outra sala enorme, onde estava o pai da Tarsila. Paralisei na hora. Eu e o mundo. Parece que tudo congelou e senti um frio tão grande na barriga que pensei: "Vou desmaiar nesse minuto e vou ser expulsa para sempre e nunca mais vou ver meus dois amigos!". Mas na verdade não desmaiei. Só fiquei paralisada, olhando.

Era um homem enorme, de cara fechada, uma cara de alguém que vai pegar você e gritar e espancar você e só parar na hora em que se cansar. Como é que a Tarsila pode ter um pai assim?

Ele estava empertigado na frente de um espelho, levantando o queixo para se examinar. Vestia uma farda de militar, cheia de medalhas no peito. Fazia continência e marchava, como se estivesse num desfile militar. De vez em quando sorria, como se pensasse em alguma coisa boa, depois fechava a cara de novo. Depois voltava a dar o mesmo sorrisinho.

O telefone tocou e ele atendeu. Disse um ALÔ tão bravo que parecia que queria matar a pessoa do outro lado.

– Não, não e não! Já disse mil vezes! Fale com o advogado, fale com o delegado, fale com o diabo se for preciso, mas resolva esse maldito problema e não me aporrinhe mais! – falou aos berros. – Está me entendendo?

Ele deve ter achado que a pessoa entendeu porque imediatamente bateu o gancho com uma força capaz de matar o telefone.

Eu continuava atrás do sofá, sem respirar.

De repente, ele chegou perto da janela e vi uma mãozona perto da minha cara.

Devo ter morrido e ressuscitado. Quando a mãozona se afastou, percebi que podia sair pela janela que ele deixou aberta. Pulei no gramado e saí correndo entre os arbustos, o que sei fazer como ninguém. Logo vi a piscina e, mais atrás, nosso bendito QG. Quando cheguei, Fábio e Tarsila estavam assustados na porta, pois tinham acabado de dar pela minha falta. Jurei nunca mais sair sozinha dali.

Depois que contei para a madrinha essa parte do pai de uniforme cheio de medalhas, ela disse:

— No salão todo mundo comenta as loucuras dos Fortuna. Você precisa ter cuidado quando for lá. Mesmo sem ditadura, gente má continua existindo no Brasil. E muito.

Enquanto eu conversava com a madrinha e fazia a Tuta dormir, ela ia fazendo um penteado novo em mim, cheio de trancinhas. Eu sempre quis fazer esse penteado, só que é muito demorado e ela vai fazendo aos poucos, é o jeito. As trancinhas da metade de cima da cabeça já estão feitas. Falta a outra metade. Quando o penteado estiver pronto, vou ficar parecida com uma moça que vi na revista.

Também contei para a madrinha sobre a Daiane, que é outra esquisita.

Está na cara que ela me detesta. Já me detestava antes, e começou a me detestar mais depois que fui a única a ver uma coisa que aconteceu com ela. Foi sem querer que vi, mas vi. E do jeito que ela me olhou, foi como se fosse eu a culpada.

Uma tarde ela foi ao QG implicar com alguma coisa e saiu, com aquele jeito antipático dela, de andar de queixo empinado, olhando só para o alto como se o que ficasse por baixo não merecesse ser olhado, e então foi passando pelo caminhozinho que vai da piscina para o saguão da casa grande e...

Splech... esmagou um monte enorme de cocô! Naquela casa até cocô de cachorro é enorme. Não aguentei e deixei minha risada sair alto. Ela levantou os olhos e me deu aquele olhar de assassina. Entrei no QG me torcendo de rir e contei para a Tarsila e para o Fábio, que riram muito e foram lá ver o cocô esparramado.

A madrinha também riu, depois perguntou:
— E a mãe da Tarsila, você já viu?
— Eu já, de longe, mas ela nunca me viu. Ela não é tão brava como o pai. Só tem um olhar esquisito, que olha como se não estivesse olhando, como se ela estivesse em outro lugar. Eu acho a dona Carmem muitíssimo bonita. Mais bonita que ela, só a Tarsila.
— Um dia quero conhecer essa menina.
— Um dia eu trago os dois aqui. Mas agora a gente tem uma coisa muito importante pra fazer.

Pronto! Eita língua, a minha! Bem que meu falso pai e minha falsa mãe — agora é só assim que penso neles — vivem dizendo que um dia ainda vou engasgar de tanto falar. Quando começo, não tem quem aguente. Se fico nervosa, então, como fiquei agora, ao perceber que tinha falado o que não devia, não tem quem me segure. Antes que a madrinha começasse a fazer pergunta, eu desembestei:

— Pode deixar, madrinha, que vou trazer os dois, ou então sabe o que a gente pode fazer? Eu posso levar os dois lá no salão, não é? Será que é melhor ir lá ou vir aqui? Lá tem aquelas luzes que brilham, e tem aquele monte de revistas, se bem que na casa deles também tem muitas luzes, uns candelabros imensos, a senhora nem ia acreditar. Na casa do Fábio também tem um, gigante, na sala de visitas. E o tanto de comida que tem lá, madrinha! É impressionante. E tem também o tio Otávio que é super...

— Tatu, para e respira! Acho melhor você ir dormir. Daqui a pouco sua mãe chega e se não encontra você em casa, já viu, não é? Amanhã continuo a fazer mais trancinhas. Agora, me dê um abraço apertado e dois beijos de boa-noite!

Voltei para casa pensando na TFT, na maternidade, na Irmã Aparecida e nos três bebês negros. Um dos quais sou eu. Nisso escutei o barulho dos meus falsos pais chegando. Meu falso pai estava dizendo:

– Você não está achando a bacalhau preto muito estranha ultimamente, nega? Está alegrinha demais. Parece que grudou um sorriso no rosto.

– É o jeito normal dela, nego. E continua trazendo um bom dinheirinho pra casa, não é?

– Continua. Mas sei não. Alguma coisa não anda cheirando bem.

A conversa parou por ali.

Eu me enrolei toda, como gosto de me enrolar, e continuei repetindo para dentro: teefetê, teefetê, teefetê.

7
O sumiço de Irmã Aparecida

Quando deixamos a maternidade, Fábio só faltava estourar champanhe, de tão alegre. Ele dava a coisa por resolvida.

– Viu só? Amanhã a gente volta lá e a Irmã Aparecida vai nos dizer se teve algum sequestro no dia 9 de setembro de 1998. Daí é só pescar as próximas pistas e seguir no trilho!

Pescar pistas e seguir no trilho. De onde Fábio tira essas coisas? Será que o pai dele deixou de fazer filme cabeça para se meter em filme policial?

No dia seguinte, quando voltamos lá, Irmã Aparecida não apareceu. Quem nos recebeu foi uma cidadã normal.

– Pois não?

Fábio contou o caso de novo. Quanto mais ele falava, mais eu gelava. Ele fala demais.

– Sequestro de bebê? Aqui? Ora... Claro que não! – respondeu a cidadã normal.

Nesse ponto eu me intrometi:

– Me desculpe, mas nós gostaríamos de conversar com a Irmã Aparecida. Ela está?

– Infelizmente, Irmã Aparecida adoeceu e está acamada.

– Adoeceu de ontem pra hoje?

– Exato. Agora, meninos, com licença.

A cidadã já ia saindo da sala, quando falei num tom mais alto:

– Nós ainda não terminamos.

A cidadã, de sobrancelhas levantadas, virou-se e me olhou da cabeça aos pés, com cara de nojo. Tatu me puxou pelo braço e disse que achava melhor a gente ir embora.

– A senhora avise à Irmã Aparecida que nós voltaremos amanhã. Tarsila, Fábio e Tatu.

– Teefetê – disse Tatu, escondida atrás de mim.

– Por favor – acrescentou Fábio.

A mulher virou-se pela segunda vez, mas eu ainda não tinha terminado:

– E se amanhã ela também estiver doente, voltaremos depois de amanhã, e depois de depois de amanhã, e assim sucessivamente, até ela sarar.

Dessa vez, fomos nós quem demos as costas e saímos do hospital.

– É verdade que a gente vai voltar aqui pro resto da vida? – perguntou Tatu.

– Até a Aparecida aparecer.

– Irmã Aparecida – corrigiu Fábio.

– Que seja...

Nunca imaginei que teria que ficar à caça de uma freira hospitalar. E, no entanto, foi assim mesmo. Aparecida sumiu. Não apareceu no dia seguinte nem no outro.

– E se a coitada estiver mesmo doente? – perguntou Fábio no terceiro dia.

– E freira lá fica doente, Fábio?! Mentira. Tá na cara que ela está proibida de conversar com a gente.

– O que ela falou que não podia ter falado? – perguntou Tatu.

– Tudo! Ela falou que naquele dia não nasceu nenhuma Josicleide.

– Alguém está mentindo nessa história: ou a falsa mãe ou a Aparecida.

Depois de três dias, voltamos para o QG sem novidade, sem progresso, num desânimo de dar dó.

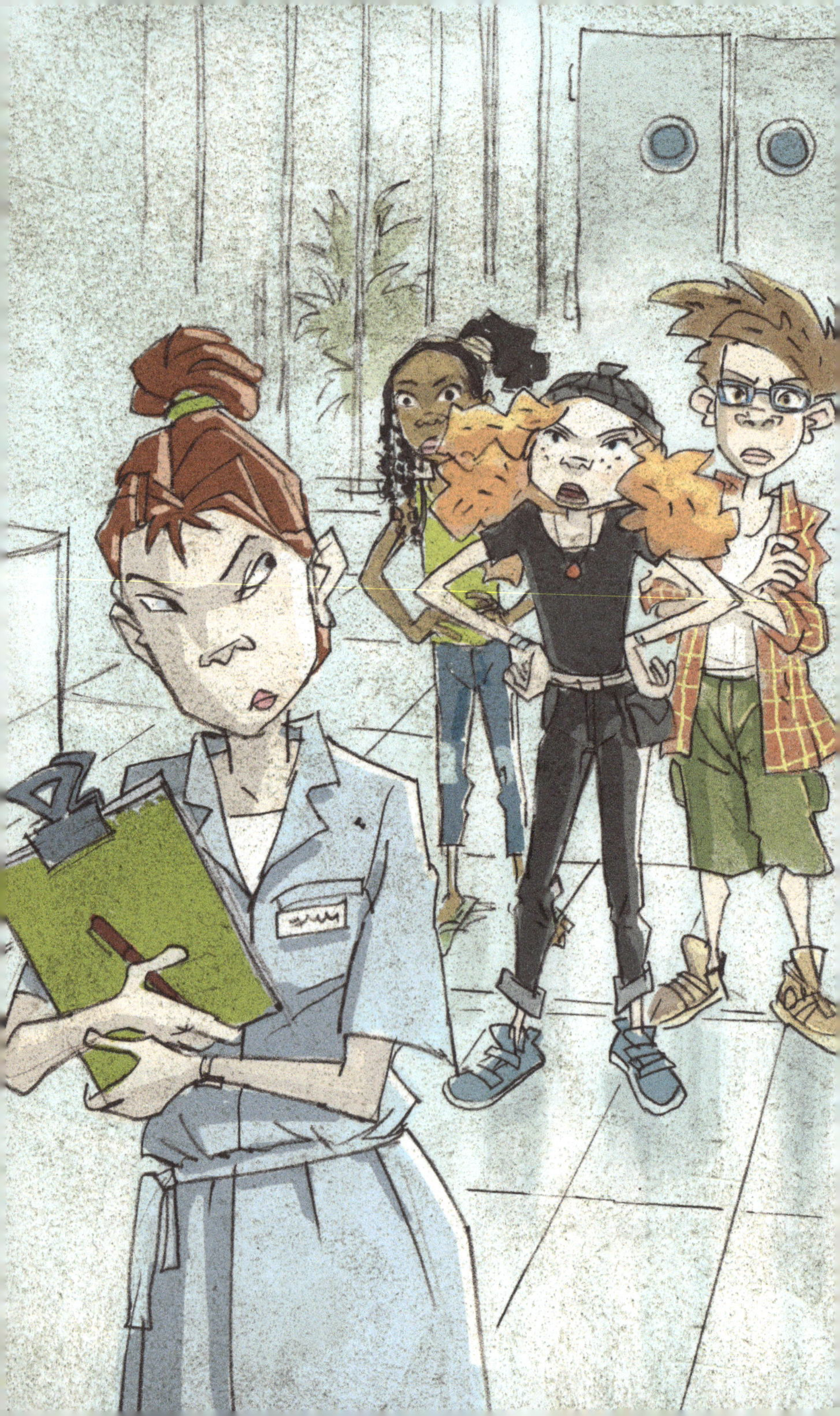

Odeio burocracia e aquela maternidade era o berço da burocracia. Eles nos recebiam com sorrisinhos de quem gosta de criança, mas as informações que procurávamos, nada...

Fábio disse que a gente precisava recapitular os últimos acontecimentos.

— Senta aí, Tatu. Vamos pensar juntos.

Coloquei água para ferver. Penso melhor com chá. De preferência, de frutas vermelhas.

— Fato: das crianças que nasceram no dia 9 de setembro, nenhuma foi registrada com o nome de Josicleide. Fato: sua falsa mãe disse para Daiane que até hoje você não foi registrada, daí concluímos o quê?

— Que naquele dia a Tatu foi registrada com outro nome — disse eu. — Ou que ela simplesmente não foi registrada! Pois, no caso de sequestro, ela teria sido entregue para outra família sem passar pelos livros. Não haveria registro dela.

— Resta saber se houve sequestro.

Servi o chá e trouxe bolo de nozes para acompanhar. Fábio daria um bom professor. Agora ele rabiscava umas coisas num caderno, desenhava setas e números.

— Josicleide é um nome bem estranho — eu disse em voz alta, sem querer.

— Tarsila também é — retrucou Tatu.

— Mas Tarsila é um nome que existe. Aliás, Tatu, uma das maiores pintoras...

Não consegui terminar minha explicação, pois Fábio começou a pular feito doido, gritando e cuspindo bolo:

— É isso! É isso! Vocês mataram a charada!

— Hã?

Se matamos, não sabíamos como.

— Tatu, o que foi que você disse sobre seu nome quando nos conhecemos?

— Que é o nome do meu pai com o da minha mãe.

– Os pais da Tatu devem ter dado esse nome pra ela depois do sequestro. Por isso não tem registro de nenhuma Josicleide. Por isso também que a mãe dela disse que ela nunca foi registada. A Tatu deve ter outro nome.

Fábio ainda estava eufórico:

– Vamos pesquisar na internet! Se houve um sequestro de bebê, com certeza saiu nos jornais.

– Eu saí no jornal? – Tatu estava elétrica. Dava cambalhotas triplas no ar.

Naquela mesma tarde começamos a busca. Fábio trabalhava na casa dele, eu na minha. Entramos no MSN e decidimos que não pararíamos enquanto não conseguíssemos uma pista quente. Eu ia digitando as palavras-chave: "comércio de órgãos", "máfia italiana", "hospitais brasileiros", "tráfico internacional de bebês", "clonagem humana", "suborno de freiras", "freiras corruptas". Toda vez que me aproximava de informações interessantes, o nome do Fábio piscava no cantinho da tela:

"E aí?"

"Tô procurando..."

"Como?"

"Freiras corruptas."

Fábio demorava um tempão para responder, e quando respondia era para me censurar:

"Tarsila! Não viaja!"

Então eu reajustava minha busca: "bebê desaparecido" e coisas do tipo. Já estava anoitecendo quando chegou o abençoado *link*! Uma matéria de jornal falando do sequestro de bebês que acontecera na Maternidade do Menino Deus em 9 de setembro de 1998! Como será que Fábio encontrou aquela informação? Era tudo o que a gente precisava! Agora era só imprimir, voltar ao hospital e esfregar a notícia na cara da cidadã normal.

"O que você digitou pra chegar nisso?", perguntei.

"Maternidade do Menino Deus / sequestro / 1998".

Fábio é a pessoa mais sensata que já passou pela minha vida. Ao mesmo tempo, é também a mais reprimida. Tenho a impressão de que tem um montão de coisas que ele quer falar e não fala.

Tarso acabou de chegar, de carro. Ele continua dirigindo sem carta de motorista. Os jornalistas não estão mais plantados na calçada. Papai não é mais notícia. Fecho a cortina do meu quarto com tanta força que ela se desprende da parede. Na verdade, eu também tenho um furacão dentro de mim.

Parte III
MISSÃO CUMPRIDA

I
TFT encontra LV

E não é que teve mesmo um sequestro no dia 9 de setembro de 1998 na Maternidade do Menino Deus? Foi só colocar no *site* de busca e a notícia apareceu inteirinha na tela do computador: "A menor LV, 17, deu à luz uma menina de 3,4 kg e 50 cm na Maternidade do Menino Deus. Porém, sua filha foi raptada antes mesmo da primeira mamada. A direção do hospital não conseguiu explicar o desaparecimento da criança".

Fiquei chocado. Uma coisa é você saber que isso acontece todo dia nas maternidades por aí; outra é conhecer uma criança que foi raptada antes da primeira mamada. Tudo indicava que aquele bebê era Tatu.

Existem quadrilhas que roubam crianças e vendem para casais estrangeiros. Outras preferem vendê-las aos pedaços. Rins, fígado, coração, cada coisa tem seu preço. Fora as que roubam criancinhas para rituais de magia negra. Com tantas possibilidades tenebrosas, era uma sorte Tatu estar viva e inteira.

Por enquanto ela vive numa casa horrorosa, com pais horrorosos, mas depois que encontrarmos a tal LV e desvendarmos esse mistério, sua sorte vai mudar.

Pelas minhas contas, LV deve ter vinte e seis anos. Quando ela souber que sua filha está viva, mora na favela e pede dinheiro no farol, como será que vai reagir?

No dia seguinte, quando cheguei ao QG, Tarsila e Tatu me esperavam de olhos arregalados:

— E aí, o que vamos fazer? — perguntaram ao mesmo tempo.

– Você contou pra ela? – Eu precisava saber até que ponto Tatu estava ciente da própria história.
– Mais ou menos.
Tentei falar tudo com muita calma:
– Olha, Tatu, ao que tudo indica, parece que você foi mesmo sequestrada, antes da primeira mamada. Sua mãe ficou esperando no quarto e você não apareceu. Vocês só se viram na hora do parto.
Tatu fez cara de quem ia abrir um bocão.
– Economize os detalhes – ordenou Tarsila.
– Tudo bem. – "Esfriei" um pouco o relatório. – Quando sua mãe percebeu que você tinha sido sequestrada, foi à delegacia e fez um Boletim de Ocorrência. Ela tinha dezessete anos e era mãe solteira. O nome dela é LV.
– Élevê? Que nome esquisito.
– Não, Tatu, essas são as iniciais do nome dela. O nome mesmo a gente não sabe.
– Igual a TFT?
– Isso mesmo. O nome pode ser Luciana Vasconcelos, Lena Viana, Luísa Venâncio...
Antes que eu desfiasse o alfabeto inteiro, Tarsila me interrompeu.
– E agora, qual será o próximo passo?
Enquanto eu pensava no que fazer, Tatu foi para um canto do QG e ficou repetindo baixinho:
– Luciana Vasconcelos, Lena Viana, Luísa Venâncio.
Ao ver aquilo, Tarsila me deu uma bronca:
– Olha o que você fez com a cabecinha dela.
– Deixa de história. Se você não soubesse o nome da sua mãe, não ia querer saber pelo menos as iniciais? Agora precisamos voltar à maternidade e mostrar a notícia para aquela mulher nojenta.
– Duvido que ela abra o bico.

Tarsila estava certa. A cidadã disse que a Irmã Aparecida havia sido transferida para uma cidade do interior e, sem a menor cerimônia, nos botou porta afora.

— Sumam daqui, seus pirralhos. Já perdi tempo demais com vocês.

Por pouco Tarsila não agarra o pescoço da mulher.

— Pirralhos, uma pinoia — ela gritava.

Minha vontade era esfregar a notícia no nariz dela, mas achei melhor não. Entregar o ouro naquele momento era um suicídio estratégico. Fomos embora.

Quando passamos pelos fundos do hospital, ouvimos alguém nos chamando:

— Ei, crianças, aqui.

Olhamos para todos os lados e não vimos ninguém. Mas a voz de passarinho continuava:

— Aqui, aqui.

— Olha! — disse Tatu apontando um monte de lençóis entre os arbustos. Lençóis que andavam. Para onde a gente ia, eles iam atrás. — Tem uma cabeça de mulher ali no meio.

— Irmã Aparecida! — gritei.

Foi o jeito que nossa amiga encontrou para falar conosco.

— A madre superiora me proibiu de abrir o bico. De castigo, me colocou na lavanderia. Meu serviço agora é lavar a roupa suja do hospital.

— Pelo jeito, a sujeira aqui é da grossa — disse Tarsila.

— Você nem imagina!

— A senhora sabia que houve mesmo um sequestro no dia em que a Tatu nasceu? — perguntei.

— Era exatamente isso que eu queria contar para vocês. Encontrei a cópia do BO que a mãe verdadeira da Tatu fez na delegacia, mas a madre o escondeu e disse para eu esquecer o assunto.

— Deu pra senhora ver o nome dela?

— Laís Valadares.

— Mamãe! — Tatu gritou, abrindo o berreiro no meio da rua. Ela e Tarsila pulavam e se abraçavam aos prantos.

— Agora eu tenho que entrar. Procurem essa tal Laís Valadares e boa sorte. Adeus.

O monte de lençóis brancos saiu correndo pelo jardim e entrou na lavanderia.

Voltamos para casa atordoados com a novidade. Porém, quando passamos pela avenida, o falso pai da Tatu, furioso, agarrou-a pelas trancinhas.

— Tá pensando que pode ficar nessa moleza, sua plasta de bacalhau preto? Já pro trabalho. E vocês, fiquem longe da minha filha. Não quero ver a Tatu metida com grã-fininhos.

— Grã-fininhos? Olha aqui, meu senhor... — Tarsila já ia enfiando o dedo na cara do homem.

Conhecendo o falso pai que tem, Tatu ficou desesperada.

— Fábio, leva a Tarsila embora, por favor.

Imediatamente, ela correu para o meio da rua, plantou bananeira e começou a passar a sacolinha com os pés para acalmar a fúria paterna. Por sorte, consegui arrancar Tarsila de lá.

Quando chegamos na porta da sua casa, ela me convidou para entrar.

— Eu faço um chá pra gente relaxar.

— Tudo bem, eu entro, mas dispenso o chá. Eu odeio chá, eu não suporto. Prefiro morrer a tomar chá, entendeu bem? — falei aos berros.

— Precisa fazer tanto escândalo por causa de um chá? Se eu soubesse, teria providenciado um suco, um refrigerante. Você é um menino muito reprimido. Precisa aprender a ser mais espontâneo.

É impressionante como a Tarsila me conhece. Eu sou assim mesmo. Reprimido. Escondo meus sentimentos até não aguentar mais. Daí explodo. Meu sonho é um dia poder falar o que me der na telha, sem ficar me censurando.

A Tarsila cairia de costas se soubesse o que penso dela.

2
O aparecimento da Irmã Aparecida desaparecida

Hoje foi um dia mais esquisito do que o normal.

Parece que tudo está começando a dar errado, minha cabeça dá milhares de voltas sem parar, e estou ficando com medo.

Primeiro, foi o aparecimento da Irmã Aparecida desaparecida, falando que o nome da minha verdadeira mãe era Laís Valadares, um nome tão lindo que chorei só de saber.

Enquanto íamos pela rua, o Fábio e a Tarsila conversavam:

– Por quê? – ele perguntava. – Por que a Irmã Aparecida teve que desaparecer? Por que o pessoal da maternidade não quer falar do sequestro da Tatu? Por que tanto mistério, Tarsila, me responda!

Eu estava tão concentrada na conversa deles que nem vi meu falso pai chegar. Ele, que não estava prestando atenção em nada a não ser na minha ausência do lugar onde eu deveria estar, armou um escândalo. Cheguei a pensar que fosse bater nos meninos, principalmente na Tá, que não é de aceitar ninguém gritando com ela e começou a responder. Eu só consegui pensar em sair correndo para ir trabalhar, a única coisa que podia acalmá-lo.

Comecei a dar cambalhotas triplas e saltos-mortais enquanto Fábio levava Tarsila embora, deixando meu falso pai gritando sozinho. Acabei ganhando um bom dinheiro.

À noite, ele e minha falsa mãe estavam contando a "féria", como dizem, quando chegaram dois homens com cara esquisita e chamaram meu falso pai para conversar lá fora.

Parecia que eles já se conheciam. Mas o estranho foi que eu também achei que os conhecia.

De onde, meu Deus?

Fiquei martelando na minha cabeça: onde eu já vi a cara desses dois?

Eles eram muito feios, então não foi em nenhuma revista. Foi em outro lugar. Será que foi na casa da Tarsila? Eles parecem com os seguranças de lá, só que os seguranças da família dela vivem de terno, e esses dois não devem nem saber o que é um terno.

Onde foi?

Eu precisava descobrir.

Tentei chegar perto de onde estavam, mas eles foram para um boteco na esquina de casa. Nisso, o Nelore veio me dizer que minha falsa mãe estava me chamando. Voltei para ver o que ela queria e o que ela queria era me perguntar uma coisa:

– Fiquei sabendo, Tatu, que a senhorita agora anda amiga de gente grã-fina. Quem são esses meninos, pode me dizer?

Gelei. Mesmo sendo preta, acho que fiquei branca. A pergunta me pegou de surpresa e eu não sabia o que dizer.

– E... eee... eu?

– Sim, a senhorita. Pode ir dizendo. Desembucha.

– De... de... de... quem?

– Não se faça de besta, menina! Diga logo, vamos. Quem são esses meninos?

– Me-me-me-ninos?

– Tatu, eu tô perdendo a paciência! Desembucha.

Finalmente destravei e não deixei mais ela falar.

– É que eu não sei direito quem são, na verdade, não sei mesmo, porque eles apareceram de repente, menino rico parece que é assim, não é? Falo menino rico por falar, porque não sei nada deles, nem sei se eles são ricos, não sei nada, nem os nomes, só falo que acho que os dois talvez sejam meninos ricos por causa das roupas, porque a menina, nossa!, ela é bonita demais, a senhora ia gostar de ver, e estava com uma roupa meio assim de uma cor desconhecida que eu nunca vi, uma cor que parece abóbora misturada com vermelho com um pouco de roxo e uma mancha meio verde, mas não o verde que a gente conhece, um outro verde parecido com aquele doce de mamão que a senhora faz e que ninguém gosta, só o Nelore porque o Nelore também gosta de tudo, não é?, ele sempre foi…

– Para, Tatu! – ela gritou. – O que eu quero saber é muito simples: como você conheceu os dois?

– Como eu conheci? Mas conheci? Não, na verdade não posso dizer que conheci bem conhecido, não. Quer dizer, eles apareceram, mas não sei de onde nem quem são. Não me disseram os nomes porque, logo depois que eles apareceram, o pai também apareceu e começou a gritar daquele jeito que a senhora conhece. Menino rico não gosta de ninguém gritando com eles, então o mais certo é que eles não apareçam nunca mais, não precisa se preocupar com nada, nadinha, porque menino grã-fino é assim mesmo, como aparece, desaparece e, inclusive…

– Essa história está muito mal contada. Seu pai disse que eles andam rondando lá pela esquina e… – Nesse momento, felizmente, a Xuxu abriu o berreiro e minha falsa mãe foi acudi-la. – Que choro é esse? Cê tá com sono, né, bichinha? Mamãe já vai te fazer dormir. Mas você, dona Tatu, não perde por esperar. Depois a gente continua essa conversa porque vou querer saber tudinho desses meninos, escutou bem?

Dessa eu tinha escapado.

Aproveitando que minha falsa mãe tinha ido fazer a Xuxu dormir, resolvi ir ao boteco tentar descobrir quem eram aqueles dois. Se eu chegasse bem perto, talvez desse para escutar a conversa.

Mas não deu. Meu falso pai estava sozinho. Os dois caras esquisitos já tinham ido embora.

Então, fui para a casa da madrinha. Embora não pudesse contar tudo o que estava acontecendo, podia pelo menos conversar sobre uma coisa que estava me preocupando demais.

A madrinha me deu uma sopinha de feijão que ela sabe fazer muito deliciosa e que vai me ensinar quando eu crescer. E, então, perguntei, assim meio disfarçando, se uma pessoa, vamos dizer, alguém, por exemplo, uma menina, for sequestrada antes da primeira mamada, isso quer dizer o quê?

– Que coisa triste, queridinha! De onde cê tirou isso?

– A primeira mamada é muito importante?

– Claro que é, Tatuzinha! Todas as mamadas são importantes.

Aí me deu uma vontade tão grande de chorar ao pensar que eu não só tinha perdido a primeira, como todas as mamadas, da primeira à última, que nem consegui tomar a sopa de feijão.

Era para ficar chorando a vida inteira!

Fiquei com um nó engasgado no fundo da garganta e percebi que não ia conseguir continuar disfarçando. Então, disse que tinha que ir embora e vim para casa, tentar dormir. Me enrolei e comecei a pensar.

Fiquei pensando na minha mãe verdadeira. Como seria a cara dela? Os cabelos? O nariz, os olhos, a boca?

Aí, num clarão, lembrei de onde conhecia aqueles amigos do meu falso pai. Da maternidade!

Em uma das vezes, eles estavam conversando com a mulher chata que a Tarsila chama de "cidadã". E na outra, eles correram atrás da Irmã Aparecida quando ela voltou para a lavanderia. Nas duas vezes, eles não nos viram. Ou seja, eles conhecem meu pai, conhecem a maternidade, conhecem a cidadã e conhecem a Irmã Aparecida!

Enquanto eu caraminholava tudo isso, meu falso pai entrou em casa e começou a berrar com minha falsa mãe:

— Como você é burra, mulher! Por que foi falar pra alguém sobre a maternidade! Depois de tanto tempo!

— A moça me disse que era uma assistente social, Josivaldo!

— Mesmo assim! Não podia falar pra ninguém!

— Desculpa, Valdo. Falei sem pensar.

— E ainda falou a data do nascimento da menina. Já pensou se eles descobrem que ela não tem registro nenhum?! Hein? O que a gente vai fazer?

— Não falo mais.

— Agora é tarde. O pessoal veio me dizer que teve gente lá especulando. Parece que vão reabrir o caso.

— Desculpa, Valdo.

— Que mulher eu fui arrumar! Santo Cristo!

Ouvi o barulho da porta batendo.

Amanhã tenho que contar tudo isso para a Tarsila e para o Fábio! Estou com um medo horroroso de tanto mistério!

O jeito é me enrolar todinha e parar de tremer.

3
Game over

Do meu quarto posso ouvir os gritos de papai. Ele está andando em volta da piscina com o telefone. Está falando com seus advogados. Eu imagino um trio deles, grudados pelos ombros, como gêmeos siameses. Os advogados de papai andam em bando. Ao contrário de papai, eles sussurram. Quando estão aqui em casa, nunca ouço o que dizem.

Comigo papai nunca gritou. Ele me chama de princesa e, não importa o que eu faça, acha que fiz bem.

Ontem, quando o falso pai da Tatu gritou comigo e ameaçou me dar um tapa, eu tive medo. Muito medo, pois sei das surras que ele dá na Tatu.

Eu nunca apanhei. Nem um peteleco na orelha.

Quanto mais ele gritava comigo, mais vermelhos ficavam seus olhos. Pensei que ele fosse se transformar num demônio e soltar fumaça pelo nariz. Se ele me desse um tapa, eu chutaria as canelas dele.

Outro dia, quando falei para o Fábio que ele é reprimido, pensei que ele também fosse me bater. Gritando daquele jeito porque não queria chá... Mas sei que ele não bate. Fábio nunca vai bater em ninguém.

Pelos gritos de papai, ele bateria nos advogados se eles estivessem aqui. Talvez os jogasse dentro da piscina. Fim do telefonema.

Agora papai vai colocar um CD de ópera e cantar junto, aos berros.

O berro final do falso pai da Tatu foi: "SUA DESOCUPADA! VAI ARRANJAR ALGUMA COISA BOA PRA FAZER! VAI, SUA RIQUINHA DESOCUPADA!".

De tudo o que ele falou para mim e para o Fábio, isso foi o que ficou grudado na minha cabeça. Minha vontade era de gritar de volta:

– Desocupado é você! Eu, pelo menos, estou tentando tirar sua filha das ruas!

Mas se eu falasse isso, imagine onde a coisa ia terminar... Na delegacia, no mínimo.

– Tarsila Fortuna? Você está aí?

É a Daiane que quer falar comigo. Ela nunca vai parar de me chamar assim.

– Entra, Daiane Barbosa.

Ela entrou e ficou plantada feito um poste.

– Pois não, desembucha.

– Seu namoradinho está aí.

– Ãnh? – Será que ela estava se referindo ao Fábio? E desde quando ele é meu namorado?

Tinha mais uma coisa que ela queria me dizer:

– Ah, já ia me esquecendo. Sua mãe tem um ensaio numa escola de samba hoje à noite e ela quer porque quer ir com o vestido amarelo. Está fazendo o maior escândalo lá na cozinha. Você vai ter que resolver essa situação.

Virou as costas e saiu. Corri atrás dela, mas não havia nem vestígio. Tinha evaporado.

Corri para o QG. A última coisa que eu queria era que Fábio visse os escândalos da minha mãe. Morro de vergonha deles. Ele estava meio irritado, parado na porta. Será que tinha ouvido alguma coisa?

– Vamos entrar logo – disse, me empurrando para dentro do QG.

— Calma, Fábio. O que foi?
— Seu irmão é muito tonto – ele disse.
— Que ele é tonto, eu sei. Mas por que você diz isso?
— Nada, não.
— Fala, Fábio.
— Já disse que não é nada.
Então ele mudou rapidamente de assunto e disse que tinha pensado em várias "Estratégias para a Localização de Laís Valadares". Começaríamos com a boa e velha lista telefônica.
— E se ela se casou e mudou de nome? – perguntei.
— Precisamos trabalhar com eliminação de hipóteses.
Mas eu também tinha uma hipótese martelando na cabeça.
— Veja, tem cinco Laíses Valadares – ele disse, apontando a lista.
— Tudo isso?
— Cinco só nesta cidade. Pode ser que tenha mais pelo país. Vai saber... Se bem que com o método de eliminação de hipóteses, não devemos pensar em outras cidades por enquanto.
— Fábio, você acha que eu sou uma riquinha desocupada?
Fábio sabia exatamente o porquê daquela pergunta.
— Esquece isso, Tarsila.
Mas eu não esqueci. Nem esqueceria. Além do mais, tinha uma outra coisa me atormentando:
— A gente vai encontrar os pais verdadeiros da Tatu, ela vai para uma família bacana e, se tudo correr bem, nunca mais vai trabalhar na rua. Mas e as outras crianças, Fábio? Você já reparou quantas crianças estão nas ruas?
— Sim, Tarsila. Eu reparei. Não sei se você sabe, mas eu vivi aqui a vida toda.
— Temos que fazer alguma coisa, falar com alguém!
— Que tal você começar pelo seu pai, que é político? Esse não devia ser o trabalho dele?
Perdi a fala. Claro que já pensei nisso. Mas daí me sinto horrível, com vergonha de ser quem sou, de saber como meu pai pensa.

— A Tatu deve estar chegando. Vamos lá dar cobertura.

Fábio não insistiu no assunto. Toda vez que Tatu vem para o QG ainda temos que fazer o maior esquema para que minha mãe não a veja e tenha um ataque duplo de preconceito e racismo. Quando Tatu chegou, estava esbaforida, contando sobre dois homens estranhos que foram conversar com seu falso pai. Ela achava que eles estavam atrás dela e de nós, embora não soubesse o motivo. Pedimos que ela se acalmasse e contamos das cinco Laíses Valadares. Foi aí que ela perdeu a fala.

— Não é isso que você está pensando, Tatu – expliquei. – Precisamos descobrir qual dessas cinco é a sua mãe.

— E como a gente vai fazer isso?

— Muito simples – respondi. – Veja só.

Pedi ao Fábio o primeiro número de telefone e digitei. Uma mulher atendeu.

Tatu sentou do meu lado e segurou na minha mão.

— Dona Laís, aqui quem fala é Tarsila Fortuna...to (Não devia dar meu nome verdadeiro). Estou ligando da Agência TFT. Tenho uma informação que pode lhe interessar.

— Eu não estou interessada. Já ajudo uma associação aqui do bairro.

— Não, dona Laís. Eu não quero doação. Quero uma resposta. Onde a senhora estava no dia 9 de setembro de 1998?

A primeira Laís bateu o telefone na minha cara.

— Também... Você fez tudo errado! – disse Fábio.

— Errado por quê?

— Dá aqui o telefone que eu mostro como deve ser.

Mas ele não conseguiu mostrar coisa alguma, pois nesse instante Daiane entrou correndo no QG.

— TARSILA! O pai da pretinha está aí no portão fazendo o maior barraco, ameaçando chamar a polícia. Seu pai está te chamando! É pra você vir urgente. Vocês três. Acho que seu pai vai enfartar. VAI, TARSILA! CORRE!

Quando cheguei ao portão, mal pude acreditar. O falso pai apontava uma garrafa quebrada para o meu pai, que estava do lado de cá da grade e gritava com ele. Os seguranças agarravam o falso pai da Tatu. Logo chegou uma viatura da polícia.

Quando o falso pai nos viu, gritou:

– Venha cá, seu pedaço de bacalhau! Venha cá ou eu te mato.

Eu agarrei com força a mão de Tatu. Não deixaria minha amiga ir com aquele maluco de jeito nenhum. Mas ela escapou de mim e correu até ele. Meu pai mandou que abrissem o portão para ela sair.

Ele só não bateu nela porque estava algemado. Os policiais enfiaram o pai dela na viatura e Tatu foi junto, por conta própria. Ela só repetia para ele ficar calmo, que não era nada, que ela já estava indo embora, que podia explicar tudo. Mas o pai gritou uma coisa que nos deixou de cabelo em pé:

– Eu já estou sabendo de tudo! Agora o jogo acabou, sua desgraçada! Você se acha muito esperta, né? Pois agora o jogo acabou! Eu já estou sabendo de tudo!

4
Não mexa com dona Queridinha

A busca de Laís Valadares ia ficar para mais tarde. Esse inesperado acontecimento ganhou prioridade zero, como diz meu pai quando aparece alguma coisa mais urgente que todas as outras. Tirar Tatu da delegacia era nossa prioridade zero.

Só mesmo um maluco como seu Josivaldo, maluco e bêbado (o homem mal parava em pé), cometeria a insanidade de ameaçar Tarso Fortuna com uma garrafa quebrada.

— Vocês vão se dar mal, seus espertinhos — ele berrava de dentro da viatura.

Tava na cara que ele sabia que a gente estava perto da verdade. E que havia uma relação entre os "homens estranhos", o falso pai e a "cidadã". Ou Josivaldo não estaria tão irado.

Tudo estaria terminado se a maluca da Tatu não tivesse ido com o pai para a delegacia. Infelizmente, esse não era nosso único problema. Daiane pressionou feio a Tarsila:

— Estou esperando uma solução para o caso do vestido.

— Que solução posso dar se o vestido está com você? — perguntou Tarsila, desesperada.

— Trate de inventar uma bela desculpa para o desaparecimento eterno do vestido. Eterno, ouviu bem?

— Fábio, com licença, mas esse problema eu vou ter que resolver sozinha — ela disse atravessando o jardim e entrando na casa.

Dez minutos depois, voltou com cara de vitoriosa.

— O que você fez? – perguntei, morto de curiosidade.
— Falei a verdade.
Ao ver minha cara de espanto, ela caiu na gargalhada:
— Não a verdade verdadeira, seu bobo, mas uma outra verdade. Eu disse pra minha mãe que se ela fosse com o vestido amarelo as pessoas iam rir muito da cara dela, porque ninguém costuma ir desse jeito num ensaio de escola de samba. Daí ela me perguntou: "E como as pessoas costumam ir, Tarsilinha?". "De jeans e camiseta, claro!" "Nada como ter uma filha integrada à fauna local."
— Tarsila, você é demais!
— Meu caro, a verdade é uma faca de dois gumes. Serve tanto pro bem como pro mal. E sobre a Tatu, o que você decidiu?
— Vamos ter que pedir ajuda a terceiros.
— Como assim?
— Dessa vez precisamos da minha avó.
— Você sabe o que faz – ela falou, mostrando uma confiança que nunca pensei que tivesse.
Ao nos ver saindo do QG, Daiane esbravejou:
— Dessa vez vocês escaparam, seus fedelhos, mas da próxima...

Por sorte, minha avó estava acabando de chegar em casa. Minha ansiedade era tanta que quase pulo na frente do carro.
— Ficou maluco, Fábio? – ela gritou pisando firme no freio.
— Desculpa, vó, é que nós temos uma coisa urgente pra falar.
Entramos os três esbaforidos na cozinha. Vovó pediu um copo de água para retomar o fôlego e sentou. Eu e Tarsila sentamos ao seu lado.
— Vó, a Tatu foi presa. Quer dizer, o pai dela foi preso e ela foi junto. Precisamos ir até a delegacia e tirar ela de lá urgente.
Minha avó não entendeu nada. Como uma menina podia estar presa numa delegacia? Comecei a história desde o começo, com calma. Contei dos maus-tratos que ela sofria, do tra-

balho forçado que era obrigada a fazer, das surras. Minha avó ficou uma fera por eu não ter contado antes.

– Você sabe que lá no Instituto nós temos pessoas especializadas para cuidar de casos assim. Nenhuma criança pode ser maltratada dessa forma. Vamos já para a delegacia – ela disse, pegando a bolsa.

Minha avó é assim. Falou que tem criança sofrendo, ela sai feito um foguete.

O delegado tremeu quando viu dona Queridinha entrando daquele jeito na sua sala sem pedir licença. Tatu estava sentadinha num sofá, ao lado da mesa do delegado. Assim que ela nos viu, pulou no nosso pescoço e ficamos os três enganchados, rodando pela sala. O delegado deu um berro:

– Onde vocês pensam que estão? Num parque de diversões?

Depois que minha avó se apresentou, o homem perdeu o rebolado.

– Em que posso servi-la?

– Eu vim buscar essa garota.

– Ela está aqui porque quer – explicou-se o delegado. – Já ofereci uma viatura para levá-la embora, mas ela não aceitou. Não é mesmo, menininha?

– É verdade. Ele queria me levar. Eu que não quis. Só saio daqui com meu pai.

Tatu é uma santa. Se fosse eu, ia querer que meu falso pai apodrecesse na cadeia. Imagina se eu ia ser solidário com aquela besta humana que mal parava em pé.

Aí minha avó falou para ela que delegacia não é lugar de criança, que o melhor era ela ir para casa, que o pai dela logo seria solto. Depois de muita conversa, Tatu topou ir embora conosco. Minha avó assinou um papel se comprometendo a entregá-la sã e salva.

Quando paramos na porta da casa dela, juntou um mundaréu de gente. Todo mundo querendo saber o que estava acontecendo.

— A senhora é mãe dela? — vovó perguntou para dona Luzileide.

— Sou sim, por quê?

— Seu marido foi preso e sua filha estava com ele na delegacia.

— O Josivaldo? Preso? Por quê?

Tarsila não se segurou e falou na cara da mulher:

— Ele tentou matar meu pai.

— É tudo culpa dessa aqui — disse a falsa mãe, puxando a orelha da Tatu.

Minha avó deu um berro:

— Sabe que bater em criança dá cadeia? — E não parou por aí. — Estou sabendo que essa menina faz malabarismo e pede esmola na rua. Isso é uma intimação para a senhora comparecer amanhã, às dez horas, neste endereço. E se ela voltar para a rua ou sofrer qualquer agressão, eu tiro a guarda da senhora.

— Pode deixar, pode deixar — gaguejou a mulher. — Amanhã às dez horas eu tô lá. Pode ficar sossegada.

Pelo menos por hoje, a Tatu estava salva. A vigilância da lei pesava sobre os ombros da falsa mãe.

5
O porquê das coisas

A Tarsila e o Fábio não entenderam por que entrei daquele jeito no camburão da polícia. Muito menos eu. Foi um impulso que me deu. Uma coisa. Parece que eu não estou vivendo a minha vida, mas a de uma outra pessoa. Queria entender o que está acontecendo. Não posso ficar como se fosse uma folhinha arrancada de uma árvore sendo levada sei lá para onde.

Queria tanto falar com a madrinha, mas não posso! Ela ia me ajudar.

Por que eu pulei dentro do camburão, quando poderia ter ficado quietinha lá na casa da Tarsila e pronto?

Ainda não cheguei a conclusão nenhuma, mas talvez seja por um dos três motivos seguintes, ou pelos três juntos:

Primeiro: medo de apanhar. De deixar meu falso pai mais bravo do que já estava. O grande terror dele é ir para a delegacia, mas o meu, não. Tenho mais medo dele do que da polícia. Para mim, naquele momento, o mais importante era não deixá-lo ainda mais zangado comigo.

Segundo: não gosto de ver ninguém sofrendo. Não é porque meu falso pai me faz sofrer que eu vou querer fazê-lo sofrer também. E depois, ele pode ser falso, mas ainda é o único pai que eu tenho até agora.

Terceiro: eu disse que o meu maior medo é meu falso pai me bater, mas, pensando melhor, não é verdade. Atualmente, o maior dos meus medos é descobrir de repente que meu falso pai na verdade é o verdadeiro. Quer dizer: descobrir que tudo o que estamos descobrindo não é a verdade, e sim outra mentira. E foi esse medo que senti ao vê-lo todo bêbado e descontrolado sendo jogado pelos policiais no camburão. O meu terror foi tão grande que a única maneira de escapar dele era não pensar em mais nada. E para não pensar em mais nada, eu tinha que fazer alguma coisa, qualquer coisa, então fiz aquilo: pulei no camburão.

Sei que isso é muito confuso e talvez a única pessoa capaz de entender seja a avó do Fábio, mas não pude falar com ela. Logo que chegou na delegacia, o Fábio veio, aflito, cochichar comigo:

— Cuidado para não deixar minha avó saber dos nossos planos, senão já era, viu? Ela pode pôr tudo a perder, tá entendendo, Tatu? Bico fechado!

Por que o Fábio acha que não podemos contar nossos planos para a avó dele? Até agora ela só nos ajudou! E o que eu mais queria no mundo, naquela delegacia cheia de policiais, era me sentar no colo dela. Fingir que ela era minha avó e contar tudo, toda a minha vida, todinha, desde o começo que eu lembro.

Mas não podia.

Então, não falei nada. E ela deve ter me achado mais boba do que realmente sou.

Em geral, quando as coisas estão normais, eu até que sei por minha própria conta o que posso falar e o que não posso. Por exemplo: sobre a própria dona Queridinha. Por incrível que pareça, sei um segredo dela que nunca contei para ninguém, nem para o Fábio, nem para a Tarsila. É um segredo que vi, mas não era para ver e, portanto, não tenho o direito de sair comentando: o cabelo dela, na verdade, é branquinho como algodão.

É a única coisa que não acho maravilhoso na dona Queridinha: ela tingir o cabelo e não deixá-lo com o branco lindo que ele tem.

Eu sei desse segredo porque estava um dia no salão da madrinha, na cozinha dos funcionários, enquanto ela fervia a água para trocar na bacia. Foi então que eu vi pelo vão da porta a avó do Fábio passar, momentos antes da tintura ser feita, então me dei conta: o cabelo dela era todo bem branquinho. Parecia iogurte!

Madrinha escutou minha exclamação, olhou pela porta e comentou:

— Dona Queridinha vem sempre pintar o cabelo com a Mirlene. É uma senhora finíssima, Tatu!

— Eu sei, madrinha. Ela é a avó do meu amigo Fábio.

Aí quem ficou de queixo caído foi a madrinha.

E quando voltei para casa, as coisas melhoraram?

Não.

Depois que dona Queridinha foi embora, minha mãe fechou a cara e disse:

— Vai já pro canto e fica lá até seu pai chegar. Aí vamos ver o que vai acontecer com você, sua pirralha metida!

Meu pai chegou e também não aconteceu nada. Ele não falou com ninguém. Ficou de cara amarrada, sentado na cadeira da cozinha, pensando. Juro que vi uma fumacinha saindo do cocuruto dele.

Nunca vi um silêncio tão grande na minha casa, nem em lugar nenhum. Minha mãe não fazia barulho com as panelas, ninguém resmungava, nem mesmo Xuxu e Nelore davam um pio. O silêncio pensante do meu pai contagiou todo mundo.

Então, também continuei pensando, e acabei dormindo.

No dia seguinte, quando acordei, meu pai já tinha saído. Minha mãe parecia afogada em preocupações até maiores do que as minhas. Tio Sandoval passou para me buscar, mas ela disse que naquele dia eu não ia. Foi lá fora e ficou um tempão conversando com ele. Depois, voltou e me falou com uma voz que nem parecia dela:

– Já que Sua Alteza não pode trabalhar, e eu vou ter que atender à intimação da sua protetora, a senhorita vai ficar aqui tomando conta dos seus irmãos. E tome conta muito bem tomado, porque estamos por aqui com você, entendeu? – E levantou a mão bem levantada, empurrando o queixo de tal forma para cima que deixava perfeitamente claro que, se alguma vez eu de algum modo coubera ali, agora já não cabia.

Então, ela pegou a bolsa e bateu a porta. Eu fiquei sem poder sair, cuidando do Nelore e da Xuxu.

6
Indestrutíveis e persistentes

Depois da confusão na porta de casa, meu pai parecia que ia explodir, de tão furioso. Daiane, feliz como nunca vi, o levou até o QG.

— Era aqui que eles se reuniam, senhor.

— Há quanto tempo?

— Mais de um mês, senhor. Eles até penduraram uma placa com as iniciais de seus nomes. Veja isso.

Num acesso de fúria meu pai arrancou a placa da mão da Daiane e a quebrou no meio. Largou os pedaços e saiu bufando. Daiane jogou os cabelos para trás e o seguiu, rebolando. Devia estar se controlando para não saltitar. A tudo isso eu assisti da janela do meu quarto, onde passei dois dias inteiros, de castigo. Felizmente, antes de me trancafiarem, consegui pegar os pedaços da nossa placa e os escondi.

Hoje restabelecemos nosso QG. Mesmo que Tatu esteja temporariamente incomunicável, e que tenhamos perdido nosso ponto de encontro. Eles não vão nos destruir assim tão fácil! Somos uma unidade móvel. Logo que acordei, fui para a casa do Fábio. Levei os pedaços da plaquinha e colamos de novo. Preferimos usar a mesma placa para provar que somos indestrutíveis.

Agora o QG é no sótão da casa dos Strong, e muito mais legal que antes. Nossas cabeças quase encostam no teto, o que torna tudo mais secreto, perigoso e emocionante. Eu só queria que tudo fosse mentira, que, de alguma maneira, houvesse uma interferência mágica e o falso pai virasse pó.

Depois que dona Queridinha apareceu e nos levou para a delegacia, foi como se a missão tivesse deixado de ser nossa. Por mais legal que seja o sótão, quando lembro o motivo por que estamos aqui, me sinto horrível. É horrível continuar sem a Tatu. Acho que Fábio está sentindo a mesma coisa, pois dessa vez fomos direto ao trabalho. Não temos tempo a perder.

Na nossa lista ainda tem quatro Laíses Valadares, então voltamos à técnica de eliminação de hipóteses. Só que o novo QG não tem a mesma estrutura do antigo. Telefone, por exemplo. Fábio sugeriu que usássemos o telefone da copa, mas eu não quis deixar o QG, e por um motivo bem ridículo. Tão ridículo que nem tenho coragem de confessar.

— Não precisa. A gente liga do meu celular.

Ia digitando o primeiro número da nossa lista, quando percebi que estava totalmente sem crédito. Droga! Com a confusão dos últimos dias, esqueci de recarregar.

— E se você trouxer o telefone sem fio para cá?
— Não dá linha. Eu já tentei. Vamos, Tarsila. Vamos telefonar da copa.
— É que aqui é tão legal...
— Tarsila! Estamos no meio de uma missão, esqueceu? A Tatu pode estar apanhando numa hora dessas!

Se eu já estava me sentindo meio ridícula, depois dessa também passei a me achar a pessoa mais insensível do planeta. Decidi calar minha boca antes que eu começasse a dar foras ainda maiores.

A casa do Fábio estava uma bagunça só. Fábio Strong Pai está selecionando atrizes para seu novo filme, e as entrevistas acontecem na biblioteca. É um entra e sai de gente... E, pior: só atrizes estonteantes. Nunca vi tanta mulher bonita num só lugar. Todas altas, magras e sorridentes. Acho que é por isso que a mãe do Fábio anda num mau humor de dar medo. Em compensação, tio Otávio está radiante. Até comigo ele foi simpático.

— Tio, a gente precisa fazer uns telefonemas, tudo bem?

— Tranquilo – ele respondeu, enquanto conferia o nome das atrizes numa lista.

Ele estava na função de assistente, dando instruções para as candidatas, todas muito eufóricas, por sinal. Depois, chamava a próxima de uma lista que segurava. Fábio se instalou numa ponta da mesa com outra listinha de candidatas. No nosso caso, candidatas à mãe da Tatu.

Fábio aproveitou que tio Otávio tinha ido chamar a próxima candidata, e já estava digitando o próximo número da lista, quando seu pai entrou, tirou o boné e o jogou na mesa. Daí ele se virou de costas para nós e ficou com a testa grudada na parede. Achei que ele fosse dar um berro. Ou arrancar os cabelos. Fábio desligou na hora. Então foi a vez de tio Otávio voltar.

— Calma, cara! Ainda temos dez na lista. Hoje a gente encontra essa mulher. Vamos lá, vamos lá! Não desanima.

O pai do Fábio pegou o boné e respirou fundo. Antes de expirar, olhou para nós como se fôssemos dois desconhecidos. Depois saiu falando sozinho: "Não tá fácil, não tá nada fácil"...

— Tio, qual o perfil da personagem? – perguntou Fábio.

— Uma atriz de teatro de rua.

— Vocês estão procurando uma atriz pra fazer papel de atriz?

— É.

Xi... Se eles estavam batendo cabeça para encontrar uma atriz para fazer papel de atriz, imagine a gente para encontrar uma mãe de verdade?

Assim que tio Otávio deixou a copa, Fábio retomou a operação dos telefonemas. "Vamos lá! Vamos lá!" Levamos uma hora e meia para fazer todos os telefonemas. Primeiro, porque tínhamos de esperar tio Otávio sair. Não éramos loucos de fazer um telefonema desses na frente dele, por mais que ele estivesse concentrado nas atrizes. Além do mais, toda vez que uma atriz estonteante entrava na copa, o Fábio também se desconcentrava.

– Em que Laís estávamos mesmo?

Ao final da operação, tudo o que tínhamos eram quatro números riscados, acompanhados de quatro NÃOS bem redondos. Era o fim das Laíses Valadares.

– E agora, Fábio? O que a gente vai dizer pra Tatu?

Fábio não conseguiu responder. Continuava olhando para os números riscados como que tentando entender onde o plano tinha falhado. Acho que nem se a Gisele Bündchen atravessasse a copa, ele daria bola. Estava arrasado. A primeira missão da TFT havia sido um fracasso total.

Eu só pensava em uma possibilidade, mas era horrível demais. Eu não conseguia dizer, não mesmo. Não conseguia dizer que... e se... e se ela... e se Laís Valadares tivesse morrido? Me arrepiava só de pensar em começar a busca por uma mãe morta. Credo!

De repente, me deu uma vontade de ir embora, voltar para minha casa e ler um livro. Ao mesmo tempo, eu ficava repetindo para mim mesma que aquilo não era uma brincadeira que tinha perdido a graça. Uma brincadeira, a gente larga no meio e pronto. Fábio fechou seu bloquinho, colocou o telefone na base e nem precisou falar nada. Eu também me levantei e me despedi do tio Otávio. Ele já não parecia tão eufórico. Estavam longe de encontrar a atriz para o papel. No caso deles, pelo menos ainda tinham três candidatas sentadinhas na antessala da biblioteca.

– Próxima! Laís! Laís Valadares!

7
A revelação inesperada

De repente, eu me senti num desses filmes babacas onde no final tudo se encaixa para a história ter um final feliz.

Não, eu não tinha tido uma alucinação. Bastava olhar a cara da Tarsila para ver que ela ouvira exatamente o que eu tinha ouvido.

– O que o senhor falou, tio? – perguntei, me pondo de pé na frente do tio Otávio.

– Falei o quê, moleque? Dá licença que eu tenho que chamar a próxima candidata – ele disse, me empurrando para o lado.

– Como se chama a próxima candidata? – Agora era Tarsila quem lhe impedia a passagem.

– Laís Valadares – ele disse com a naturalidade de quem pede uma pizza.

Quer dizer que a gente estava se matando há dias, fazendo milhões de telefonemas atrás de uma mulher que estava bem ali, na nossa cara, a poucos metros do nosso nariz?

– Não é possível! – Desabei na cadeira numa palidez assustadora.

Tio Otávio correu para me abanar sem entender o que estava acontecendo.

– O que aconteceu, Fábio? Fala comigo.

– Tio, eu e a Tarsila estamos atrás dessa mulher feito loucos.

– Da Laís? Ora essa, e por quê?

– Porque ela é a mãe da Tatu – Tarsila falou sem meias palavras. Agora era tudo ou nada.

– Vocês têm certeza do que estão falando? Como sabem disso?

– É uma longa história que depois eu conto. Agora, o que precisamos é falar pra ela que a filha dela está viva, mora numa favela aqui perto e é nossa amiga. Imediatamente. Antes que os falsos pais matem a pobrezinha.

– Me esperem aqui um minuto que eu já volto – ele disse, nos deixando sozinhos na cozinha.

Não demorou e tio Otávio estava de volta. Atrás dele, uma moça negra, com uma fita vermelha prendendo os cabelos crespos, de olhos arregalados querendo saltar das órbitas, e uma boca enorme e vermelha. Sem querer peguei na mão da Tarsila e a apertei com toda força. Ficamos os dois ali, grudados no chão, de mãos dadas, vendo a boca e os olhos enormes se aproximando. A moça se abaixou para ficar do nosso tamanho, ela era altíssima, e perguntou olhando bem na nossa cara:

– Vocês têm notícias da minha filha?

– Você tem mesmo uma filha?

– Tenho. Tive.

– E ela foi raptada?

Com os olhos cheios de lágrimas, ela limitou-se a balançar a cabeça.

Decidida, Tarsila tomou a palavra:

– Nós encontramos sua filha. Ela é nossa amiga e mora aqui perto.

– Vocês têm certeza de que é ela?

– Temos – garanti.

Nesse momento, tio Otávio achou melhor nos levar para um lugar mais reservado e chamar minha mãe. Ela e Laís eram amigas há muito tempo.

Resumindo: Laís Valadares é atriz e mora no interior. Dá aula de teatro para trabalhadores rurais num acampamento de sem-terra. Por isso não conseguimos seu telefone na lista da cidade. Ela começou a carreira junto com a minha mãe, eram muito amigas, vinha muito aqui em casa. Até chegou a ter um breve namoro com tio Otávio. Por isso é que ele olhava a Tatu e tinha impressão de que a conhecia. Ela é muito parecida com a mãe. Depois do tio Otávio, ela namorou um outro cara e ficou grávida. Só que esse cara não quis saber do filho e deu no pé. Ela teve a criança sozinha e, por infelicidade, sua filha foi sequestrada na maternidade, antes mesmo da primeira mamada. Junta daqui e de lá, o quebra-cabeça estava completo. Como veem, não é só nos filmes babacas que tudo dá certo no final. Às vezes, na vida real, isso também acontece.

A essa altura, minha casa parecia um hospício. Meu pai mandou o restante das candidatas embora; minha mãe e Laís se abraçavam aos prantos; tio Otávio andava de um lado para o outro, falando com minha avó Queridinha pelo telefone, pedindo que ela viesse para casa imediatamente.

Se dependesse de mim e da Tarsila, já teríamos corrido para a casa da Tatu e contado a tremenda novidade, jogando mãe e filha uma nos braços da outra, mas fomos terminantemente proibidos de sair da sala enquanto minha avó não chegasse. Ela diria o que fazer daqui para a frente.

Ficamos ali, sentados, com aquele bando de adultos malucos ao redor, sem acreditar que havíamos solucionado um crime que, se não fosse nosso incrível faro, jamais teria sido descoberto.

Finalmente Tatuzinha ia encontrar sua mãe verdadeira e saber a delícia que é ser filho de alguém que gosta de verdade da gente.

Outra coisa maravilhosa que aconteceu foi que eu e Tarsila ficamos um tempão de mãos dadas sem que nenhum dos dois tivesse vontade de soltar. De repente, ela virou para mim e falou:

— Você não acha que é injusto termos descoberto tudo isso e não sermos os primeiros a contar pra Tatu?

— Eu acho.

— Além do que, a pobrezinha não pode ser pega desprevenida. Vai que o coraçãozinho dela pifa. Acho melhor a gente dar um jeito e ir até lá antes de todo mundo.

Com aquela confusão danada, foi fácil escapar e sumir pela avenida rumo à favela. Chegando no barraco, dona Luzileide abriu a porta e perguntou o que queríamos.

— Falar com a Tatu – respondemos em coro.

— Infelizmente, a Tatu não mora mais aqui. Ela viajou hoje de manhã.

— VIAJOU???

8
O encontro

Meu braço está roxo de tanto beliscão que eu me dei pra ver mesmo se estou acordada!

Desde a hora em que escutei a voz do Fábio e da Tarsila na porta dizendo que queriam falar comigo e minha falsa mãe dizendo que eu estava viajando, parece que estou dentro de um sonho encantado.

Eu estava cuidando do Nelore e da Xuxu no quarto, e de repente me deu uma coisa e eu disse para mim mesma: "Chega!", e resolvi não ter mais medo. Escancarei a porta e saí de casa:

– É mentira. Eu tô aqui.

Os dois atropelaram minha falsa mãe, e até meu falso pai que apareceu ao lado dela, e me abraçaram, gritando:

– Tatu! Tatu! Temos uma notícia maravilhosa pra você!

E chegando mais perto, cochicharam no meu ouvido:

– Encontramos sua mãe verdadeira! – E me puxaram atabalhoados para longe dali.

Aí foi aquele trambolhão de coisas acontecendo ao mesmo tempo.

Antes que eu pudesse respirar direito, chegou um carro com dona Queridinha, tio Otávio e uma moça linda que eu nunca tinha visto, mas que veio correndo e me abraçou apertado:

– Minha filha!

Olhei para o Fábio e para a Tá, que balançaram a cabeça:

– É verdade, Tatu! É ela.

E não fui eu, e sim minha mãe verdadeira que começou a chorar, me apertando, me apertando. Eu só sentia aquele abraço macio e quente, o cabelo roçando no meu rosto, a pele como água de chuva, o cheiro perfumado dela, e olhava sem fala para um mundo que já não parecia o mesmo.

Dona Queridinha, então, a única que estava completamente dona de si, nos levou para a sala e falou alguma coisa para o meu falso pai e para a minha falsa mãe, que pareciam atacados de pânico. Depois, com calma, chegou perto de mim e, segurando minha mão, me explicou tudo:

— Esse homem que diz ser seu pai faz parte de uma quadrilha que sequestra bebês recém-nascidos em maternidades.

Olhei para ele. E pode parecer incompreensível, mas meu coração apertou e a única coisa que me passou pela cabeça naquele momento foi pensar que nunca o tinha visto assim tão branco e mudo, com cara de quem não sabia o que fazer, nem por onde escapar. Dona Queridinha já tinha falado que era melhor eles nem tentarem fugir porque a situação deles só complicaria.

E bem devagar ela continuou contando como a quadrilha sequestrava crianças para vender para adoção em outros países. No meu caso, na hora de me sequestrar, a moça encarregada de pegar o nenê no berçário estava muito nervosa e não viu minha cor, e o casal europeu que encomendara um bebê queria adotar uma criança branca. Por isso, eles não conseguiram me vender. Então, meu falso pai – cuja participação na quadrilha era cuidar da criança enquanto os outros arrumavam os papéis – acabou resolvendo ficar comigo e me botar trabalhando para eles.

Na verdade, há vários anos ele tinha deixado a quadrilha porque morria de medo de ser pego e achava que minha falsa mãe não tinha jeito para a coisa – como, felizmente, ficou provado. Quando Tarsila, Fábio e eu fomos à maternidade perguntar pelo meu nascimento, dois funcionários – que também eram da quadrilha – avisaram meu pai para ficar alerta porque tinha gente querendo saber do meu paradeiro. Por isso ele andava tão preocupado e bebendo mais do que o normal. Desconfiou que essa história poderia vir à tona, desde que minha falsa mãe deu aquela informação para a assistente social que surgiu ninguém sabia de onde. Morrendo de medo, ele estava se preparando para sumir dali com todos nós, e o mais depressa possível.

Já pensou se minha mãe verdadeira não me encontrasse?

Apesar de saber que o que eles fizeram foi terrível, um lado do meu coração se angustiou ao ver meu falso pai sendo levado pela polícia. Por mais que ele tivesse cometido um crime horroroso, sei lá, fiquei com tanta pena! Preferia mil vezes que ele apenas tivesse me achado na rua, ou qualquer outro lugar, para não ser culpado de nada. Minha falsa mãe vai ter que explicar muita coisa, mas não vai ser presa. Ela não tinha muita noção de como funcionava a quadrilha, e ajudava porque meu falso pai contava uma história diferente cada vez que aparecia com uma criancinha. Assim o Nelore e a Xuxu não vão ficar sozinhos. Ainda bem! Sei que eles não são meus irmãos de verdade, mas gosto deles como se fossem. E a primeira pergunta que consegui fazer no meio de tudo aquilo foi justamente essa:

— E meus irmãos, dona Queridinha? Eu nunca mais vou ver os dois?

— Vai, sim, meu bem. Vamos dar um jeito nisso, não se preocupe.

E minha mãe verdadeira disse:

— Você já perdeu muita coisa, minha filha. De agora em diante, não vai perder mais nada.

Nisso, a madrinha, que viu todo o movimento ao passar pela rua, veio saber o que estava acontecendo e chorou de emoção ao se inteirar da história. Abraçou muito minha mãe verdadeira:

— Já era hora dessa menina ter uma coisa boa na vida. Ela merece tanto!

E quando ficou sabendo que até resolver todo o problema com as autoridades eu e minha mãe íamos ficar hospedadas na casa da dona Queridinha, disse que aquela tarde mesmo iria me visitar para acabar de fazer minhas trancinhas. Eu devia começar minha vida nova bem bonita.

Teve também uma hora em que dona Queridinha quis saber por que, se era para me tratar do jeito que me tratavam, meus falsos pais tinham colocado o nome deles em mim. Minha falsa mãe, então, explicou que foi uma brincadeira que o Josivaldo quis fazer num dia de bebedeira. E que depois, quando a Xuxu nasceu, eles queriam tirar meu nome e dar para ela, mas como ela ficou muito doente tiveram que fazer a promessa para Nossa Senhora Aparecida e desistiram.

Com todas essas revelações, eu ia ficando zonza. Ainda bem que minha mãe verdadeira repetia:

– Minha filha! *Minha filhinha!*

E o Fábio e a Tarsila ficavam só rindo, rindo, vendo tudo aquilo.

– Sua vida agora vai ser outra, Tatuzinha!

Agora estou aqui, com minha mãe, e com as trancinhas feitas, dando beliscões no meu braço, deitada numa cama deliciosa no quarto de hóspedes da casa do Fábio.

E só olhando para a minha mãe e conversando com ela e tudo.

Ela me contou que meu nome verdadeiro é Mel. Esse era o nome que havia escolhido para mim. Não vou ser mais Josicleide. Se quiser continuar com o apelido de Tatu, tudo bem. Mas que no registro meu nome verdadeiro é Mel Valadares. Depois de tudo isso, estou aqui, ao lado dela, nessa nova cama, tentando dormir.

Pensei em me enrolar, como fazia antes, para ver se o sono vem, mas parece que meu corpo agora, ao contrário, só quer saber de se espichar. É como se essa sensação tão boa que estou sentindo precisasse ter mais espaço para se espalhar. Como se fosse tão grande que não coubesse dentro de mim e tivesse que sair e me envolver também de fora.

Deve ser porque não estou acostumada.

9
Começo feliz

Eu imaginava que o encontro da Tatu com sua mãe real seria como desenho da Disney quando eles param de contar a história e entra uma música. Os personagens dão as mãos e saem rodopiando. Na minha versão, Tatu estaria de vestido azul-clarinho com margaridinhas brancas. Suas trancinhas estariam finalmente prontas. Que aflição que me dava aquele penteado pela metade! Ela também usaria sapatos novos. Tipo um par de tênis cintilante. Quanto à Laís, ela é bem parecida com o que eu imaginava. Simpática, carinhosa e linda. Ela estava tão feliz de encontrar a filha! Juro que pensei que a reação pudesse ser outra. Fiquei com medo de que se sentisse culpada com o sequestro, mesmo não sendo sua culpa. Adultos são tão traumatizados com essas coisas... Também imaginei que o encontro seria em outro lugar. Fábio e eu diríamos para Laís que estaríamos com sua filha no lugar tal, do dia tal, tal hora. Esse lugar podia até ser o QG. Tatu ia ter que ficar bem encolhidinha, porque Laís é superalta. Daí Tatu subiria a escadinha e a mãe iria vê-la chegando como uma Alice ao contrário. Bem, sendo assim, a Laís podia até tomar uma poção mágica e encolher um pouquinho, para poder ficar do tamanho da Tatu e abraçá-la. As duas ficariam pulando, felizes. Com mágica ou sem, tenho certeza de que a partir de agora a vida da Tatu será maravilhosa. E ao contrário da Alice do país das maravilhas, dessa vez não é sonho.

Hoje, logo que acordei, tomei café voando. Só ficava pensando no que estaria acontecendo na casa do Fábio, com Laís, tio Otávio, Tatu, todos botando anos e anos de conversa em dia. Estava saindo, quando topei com meu pai, fardado, no meio da sala, parado ali feito estátua, mão no peito. Sei lá por quê, bati continência. Ele bateu de volta, deu uma voltinha de soldado e saiu marchando, joelhos altos, passos de chumbo. Com isso, grande parte da minha alegria foi derretendo feito sorvete de casquinha. Não como picolé, que pinga aos poucos. Sentia a alegria ficando pesada, mole e lambuzando meu braço.

Resolvi deixar para lá. Peguei meu skate e fui descendo essa rua ziguezagueante onde encontrei meus dois melhores amigos. Também foi fazendo esse trajeto que descobri que havia algo sinistro com minha família. Acho que um pouco de zigue-zague ia fazer muito bem ao meu pai.

Quem atendeu a porta na casa do Fábio foi tio Otávio. Disse para eu entrar.

– Tudo bem com o senhor? – perguntei.

Ele respondeu que sim, tudo ótimo. Falou que tinha passado a noite em claro, meio atarantado pelos últimos acontecimentos. Então eu falei que nesses casos um chazinho de camomila é tiro e queda. Ele agradeceu a dica e disse que minha turma estava no sótão. Achei engraçado o "minha turma", e saí rindo. Ele me chamou de volta.

– Tarsila. Tenho que te dizer uma coisa.

Senti meu coração disparar. Imagino que era a mesma sensação da Tatu quando o Fábio ficava enrolando para contar a descoberta para ela. Tio Otávio nunca foi de ficar de conversinha comigo.

– Esqueça aquelas besteiras que falei a respeito da sua família.

– Ah, tudo bem, eu sei que é verdade.

– Mas eu não tinha nada que ficar falando daquele jeito. Foi criancice minha.

Isso me fez lembrar de uma coisa que Fábio falou logo que nos conhecemos: "A gente não tem culpa dos erros que a família da gente comete".

Daí tio Otávio fez um carinho na minha cabeça e disse para eu subir. Mas demorei um tempinho para conseguir me mexer, pois, enquanto se afastava, ele murmurou que eu era uma garota muito legal.

Minha alegria voltou redobrada. Subi a escadinha para o sótão, meti a cabeça pelo alçapão e gritei o bom-dia mais cantarolado da minha vida.

Laís estava encolhida do jeitinho que eu havia imaginado.

– Tarsila! Já ouvi mil histórias sobre você. Venha aqui me dar um beijo.

A Tatu correu para me abraçar.

– Ela não é a menina mais linda do mundo, mamãe? É ou não é?

– Pra mim, é – respondeu Fábio, baixinho.

Sim, baixinho, mas foi isso mesmo que ele disse. Não tinha ouvido errado. Passei o dia inteiro no QG. De vez em quando a mãe do Fábio colocava a cabeça pelo alçapão e perguntava se a gente queria descer para dar uma esticadinha. Ninguém queria. Nem a Laís. Estávamos curtindo a sensação de ficar bem juntinhos. Tatu tinha milhões de perguntas para Laís, e Fábio e eu outras tantas, entre elas...

– Laís, quando você viu tio Otávio, por acaso você... – Eu não sabia como terminar a pergunta.

– ... sentiu alguma... hã...

Tatu foi na lata:

– Vocês vão voltar a namorar?

Laís caiu na risada, e era uma gargalhada deliciosa, que contagiou todo mundo. Resposta mesmo que é bom, ela não deu. Desconversou. Mas a principal pergunta só conseguimos fazer no finalzinho do dia.

– Você e a Tatu vão voltar para o interior?

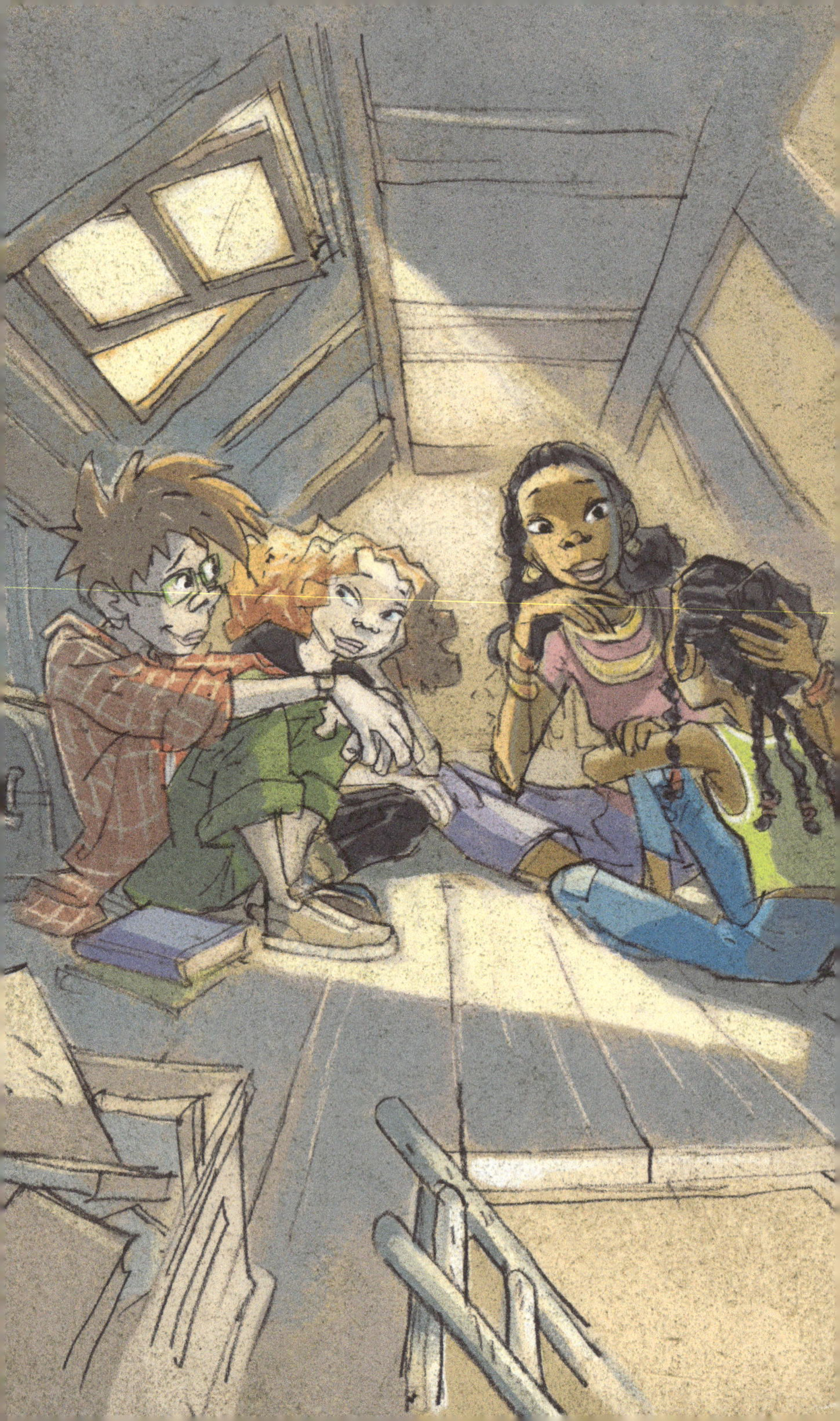

Mas justo nessa hora uma outra cabeça despontou no alçapão. Era o pai do Fábio.

– É aqui que se encontra a grande atriz Laís Valadares?

– É, sim senhor – respondeu Tatu.

– Bem, então a senhorita, por favor, diga a ela que foi escolhida para protagonizar o próximo filme de Fábio Strong. Muito obrigado – falou isso e sumiu.

Laís foi engatinhando até o alçapão, colocou a cabeça pelo buraco e gritou:

– Mas, Fábio, eu nem fiz o teste!

– A filmagem começa em um mês! – Foi o grito que ouvimos de volta.

Mais uma vez a casa dos Strong estava num rebuliço doido e alegre. A mãe do Fábio abriu um champanhe para comemorar. Agora era Laís que tinha mil perguntas para o pai do Fábio. Ficou decidido que ela vai passar os próximos meses em São Paulo. A mãe do Fábio já começou uma campanha para ela se mudar definitivamente para cá. Fábio, Tatu e eu prontamente aderimos. E pelo brilho nos olhos da Laís cada vez que imagina como seria morar aqui, acho que tem boas chances de isso acontecer!

Dona Queridinha também se juntou às comemorações. Uma hora ouvi uma conversa entre ela e Laís. Estava se oferecendo para encontrar uma vaga para a Tatu no Machado de Assis, a escola onde Fábio estuda e eu vou passar a estudar!

Depois do final feliz da primeira missão da TFT, sinto que cada um de nós está pronto para começar sua própria história. Sinto também que parte da nossa amizade pode evoluir para outro sentimento. Agora estou aqui, na janela do meu quarto, rememorando as palavras sussurradas do Fábio. Minha imaginação já vai longe...

Quero mais

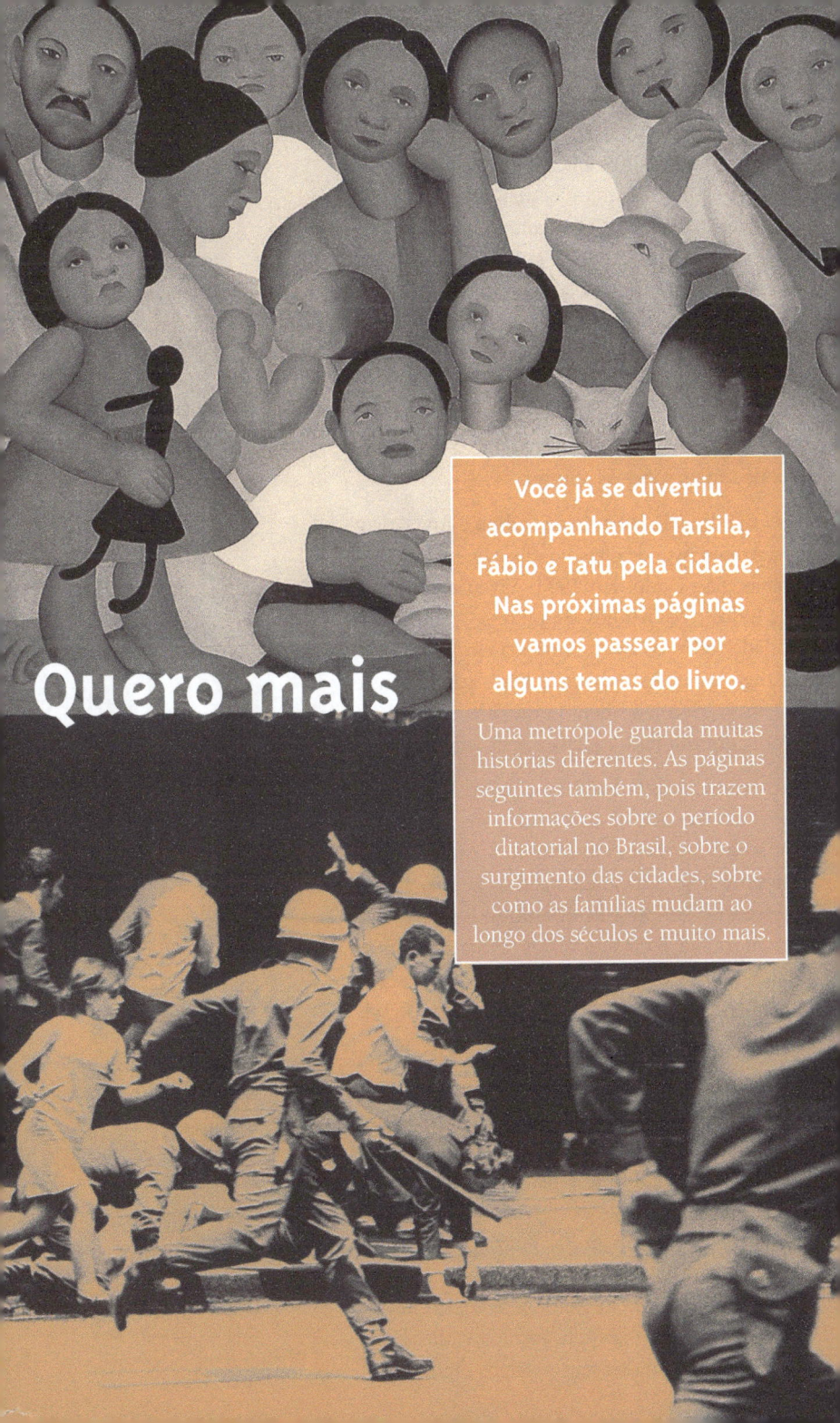

Você já se divertiu acompanhando Tarsila, Fábio e Tatu pela cidade. Nas próximas páginas vamos passear por alguns temas do livro.

Uma metrópole guarda muitas histórias diferentes. As páginas seguintes também, pois trazem informações sobre o período ditatorial no Brasil, sobre o surgimento das cidades, sobre como as famílias mudam ao longo dos séculos e muito mais.

As autoras

Quem escreveu esta história?

Três autoras, amigas, dividindo a experiência de viver em uma das maiores metrópoles do mundo. Imagine só quantos causos e histórias podem surgir de um encontro como esse. Criatividade é o que não falta; cenário para as criações, muito menos. As seis mãos resolveram trabalhar juntas e você conferiu o resultado: uma narrativa que mostra os olhares de três crianças diferentes sobre si mesmas e sobre a cidade onde vivem. Conheça agora um pouco mais sobre as autoras.

O nome de batismo de **Índigo** é Ana Cristina Araújo Ayer de Oliveira. Ela nasceu em Campinas, São Paulo, em 1971. Viveu em cidades de todos os tamanhos. Se pudesse, mudaria de cidade todos os anos. Formada em jornalismo, Índigo já publicou diversos livros para jovens e crianças. Seu jeito bem-humorado de escrever vem conquistando cada vez mais leitores.

Ivana Arruda Leite nasceu em 1951, também no interior de São Paulo, em Araçatuba. Aos oito anos mudou-se para a capital, onde vive até hoje. Da cidade natal só guarda a lembrança de um calor insuportável. É socióloga e escritora. Já escreveu vários livros de contos para adultos e a novela *Eu te darei o céu*, sobre os anos 1960. *Amizade improvável* é seu segundo livro juvenil.

Maria José Silveira nasceu em Jaraguá, Goiás, e atualmente vive em São Paulo. Estreou como escritora em 2002, quando publicou um romance para adultos, *A mãe da mãe de sua mãe e suas filhas*. A partir daí, escreveu contos, novelas e outros romances, tanto para adultos quanto para jovens. Pela Ática, publicou também *Cabeça de garota*. Maria José adora cidades grandes, e caminhar pela avenida Paulista, em São Paulo, é um dos seus passeios prediletos.

Índigo

Ivana Arruda Leite

Maria José Silveira

A ditadura no Brasil

A liberdade encarcerada

Brasil, 13 de março de 1964. O presidente João Goulart, conhecido popularmente como Jango, lança as Reformas de Base, que pretendiam diminuir as desigualdades sociais por meio de reformas agrária, urbana e fiscal, entre outras. Amedrontadas pelo "fantasma" do comunismo, milhares de pessoas tomam as ruas em reação às reformas. No dia 31 de março, tropas militares paulistas e mineiras saem em protesto.

A instabilidade político-econômica é total. Jango refugia-se no Uruguai e os militares tomam o poder. Em 9 de abril de 1964 é decretado o Ato Institucional Número 1 (AI-1), por meio do qual os poderes Legislativo e Judiciário se submetem ao Executivo, controlado pelos militares. Esse é o primeiro dos atos que marcaram a história brasileira no período da ditadura militar (1964-1985), todos eles atentando contra a liberdade dos cidadãos brasileiros. Foi nesse período que, na ficção que você acabou de ler, o avô de Tarsila foi presidente da República. Dá para entender por que ela ficou tão chocada ao saber disso...

Estudantes e policiais em violento confronto durante a ditadura militar em São Paulo.

Você sabia?

Ditador (ou tirano) é aquele que toma o poder e coloca a sua vontade acima das leis e da justiça. Em grego, tirano quer dizer "líder ilegal". Na Roma Antiga, ditadores eram os escolhidos pelo Senado para ditar leis e as fazer cumprir por um período de seis meses, caso as instituições estivessem em perigo.

Arte contra a barbárie

Artistas e intelectuais sempre tiveram papel importante em períodos de ditadura – tanto que o avô de Fábio até foi expulso do país por defender ideias contrárias ao governo em seus livros de sociologia. No Brasil, nomes como Chico Buarque, na canção, Hélio Oiticica, nas artes plásticas, Henfil, nos quadrinhos, e Glauber Rocha, no cinema, foram responsáveis por levantar a bandeira da liberdade, fazendo da arte uma arma política e conscientizadora.

Incomunicação (1966), de Antonio Henrique Amaral. Durante a ditadura militar, o desejo de se expressar era barrado por uma violenta censura.

Diretas Já!

"Presidente quem escolhe é a gente"

A ditadura brasileira começa a pisar em falso no final da década de 1970. Em abril de 1983, o deputado Dante de Oliveira redige uma proposta de lei pedindo eleições diretas para a presidência da República. Com a ajuda dos partidos de oposição ao governo (PT, PDT e PMDB), inicia-se uma grande mobilização em favor da abertura política. Artistas e personalidades públicas abraçam a causa, que reúne multidões pelas cidades de todo o Brasil durante os anos de 1983 e 1984. Porém, a eleição presidencial de 1985 ainda acontece sob o regime do voto indireto: Tancredo Neves, candidato dos partidos de oposição, ganha a disputa contra o governista Paulo Maluf, mas morre antes de ser empossado. Seu vice, José Sarney, assume, sendo o primeiro presidente civil após duas décadas de regime militar.

Uma nova Constituição é aprovada em 1988 e, em 1989, após 25 anos, os brasileiros elegem seu primeiro presidente pelo voto direto: Fernando Collor de Mello assume o comando da nação em 1990, renunciando em 1992 após um processo de *impeachment*.

Impeachment nele!

É difícil que casos de corrupção cheguem a depor o presidente de um país, como quase aconteceu no Brasil. Em 1992, o então presidente Fernando Collor de Mello renunciou ao mandato vinte minutos depois de o senado abrir a sessão que iria julgá-lo. Collor foi acusado e julgado por manter uma rede de corrupção e tráfico de influências.

O impeachment é um processo político que afasta o presidente da República ou qualquer outra pessoa que tenha cargo no executivo caso seja provada má conduta no exercício de suas funções.

Nas manifestações pelas Diretas valia de tudo: até adaptar a letra do Hino da Independência para pedir o voto livre e direto.

De agosto a outubro de 1992, jovens foram às ruas de todo o Brasil protestar contra a corrupção do governo Collor. Eram os "caras-pintadas", que assim ficaram conhecidos por pintarem o rosto com as cores da bandeira nacional.

Vida na cidade

Você sabia?

O urbanismo é uma área do conhecimento responsável pela organização do espaço nas cidades. A arquitetura é a parte artística do urbanismo e, como toda forma de arte, ela emociona e é também uma ferramenta política.

A rua é feita para brincar

A desigualdade social existe em qualquer grande cidade. O espaço público é um só, mas as realidades, diversas. Histórias de crianças como Tatu não acontecem só na ficção. Segundo pesquisa realizada pela Fundação Instituto de Pesquisas Econômicas (Fipe), em setembro de 2007 havia cerca de 1.800 crianças trabalhando e morando nas ruas de São Paulo.

O que fazer para mudar essa realidade? Em primeiro lugar, não se acostumar a ela. O poder público, com a ajuda da sociedade, deve desenvolver ações para garantir que todas as crianças tenham acesso à educação, usando as ruas para se divertir e, como Tatu, fazer boas amizades.

Infelizmente, o trabalho infantil tem raízes históricas no Brasil e no mundo. Estes meninos vendiam jornal no Rio de Janeiro em 1899.

Pelas ruas e avenidas

Metrópoles como a de Tarsila, Tatu e Fábio nasceram há muitos séculos. Antes de virar aglomerados de cimento, carros e pessoas, as cidades passaram por muitas transformações.

Na Europa do século XIII, os homens deixaram de se dedicar apenas à agricultura e começaram a vender o que produziam — fugindo dos senhores feudais, se aglomeram em aldeias, que viraram vilarejos, vilas e, reunindo mais e mais gente, formaram cidades. No século XVIII, a Revolução Industrial ativou o processo de urbanização, inchou as cidades com a massa operária e aumentou as contradições sociais.

No Brasil, a primeira vila, São Vicente, foi fundada em 1532. As primeiras cidades brasileiras eram próximas do litoral: assim, as riquezas chegavam à metrópole com mais facilidade. O ciclo do ouro propiciou a criação de várias cidades no interior do país. O advento da indústria, já no século XIX, acelerou o crescimento de muitas outras. Segundo dados de 2007 do IBGE, cerca de 83% da população brasileira vive em cidades. É como se, entre cada dez pessoas, oito morassem em centros urbanos.

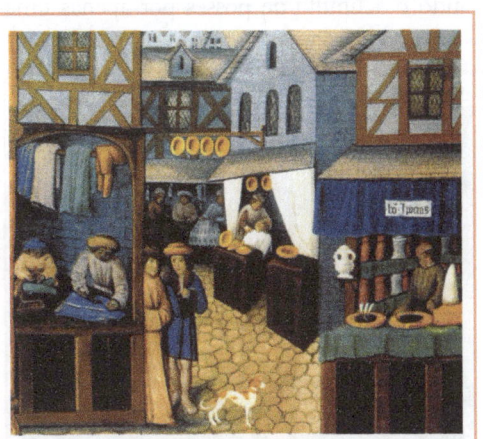

Feira de rua em uma cidade francesa, final do século XV. Os serviços das barracas mostram que já havia alfaiatarias, barbearias e farmácias.

Família e autoconhecimento

Retratos de família

As pessoas se reúnem em famílias há muito tempo. Você já imaginou quanto as famílias já mudaram ao longo dos séculos?

As mudanças das famílias mostram as mudanças da sociedade. No passado, as famílias tinham muito mais membros: quanto maior, mais braços para o trabalho, especialmente nas áreas agrícolas. Nos últimos tempos, as famílias estão cada vez menores, e as mulheres, antes donas de casa, estão no mercado de trabalho.

A diminuição das famílias não quer dizer que elas sejam menos essenciais. Em pesquisa do Datafolha de 2007, 69% dos brasileiros afirmam que a família é uma instituição muito importante em suas vidas.

No quadro *A família* (1925), a pintora brasileira Tarsila do Amaral (1886-1973) retrata uma família de trabalhadores. Embora a pintura tenha cores fortes e alegres, os olhares das pessoas são tristes, cabisbaixos – e neles está exposta a crítica de Tarsila à desigualdade social brasileira.

O colombiano Fernando Botero (1932-) critica a burguesia. Em sua pintura as pessoas são exageradas, quase deformadas – evidenciando o acúmulo de posses por apenas uma parcela da população.

A família (1925), de Tarsila do Amaral.

De onde você veio?

No livro que você acabou de ler, Tarsila, Fábio e Tatu são crianças completamente diferentes. O que eles têm em comum é não se adequar às famílias a que pertencem. Tarsila luta para provar que é diferente do pai corrupto e da mãe fútil; Fábio só quer ter uma família que preste atenção nele; Tatu trabalha na rua e não tem a mínima demonstração de afeto por parte dos pais.

As relações familiares sempre trazem conflitos – o que não quer dizer confrontos. A família é o primeiro referencial de identidade, onde estão a história, a memória e os valores que norteiam a vida de cada um. Ao amadurecermos, vamos ponderando e filtrando tais valores e formando nossa personalidade.

Frank Lloyd e sua família em Paradise Island (1972), no traço exagerado do colombiano Fernando Botero.